Colecção Literatura de Macau

澳門基金會
FUNDAÇÃO MACAU

中华文学基金会

· 散 文 ·

吾心吾乡

李文娟 / 著

作家出版社

澳门文学丛书

总 序

值此“澳门文学丛书”出版之际，我不由想起1997年3月至2013年4月之间，对澳门的几次造访。在这几次访问中，从街边散步到社团座谈，从文化广场到大学讲堂，我遇见的文学创作者和爱好者越来越多，我置身于其中的文学气氛越来越浓，我被问及的各种各样的问题，也越来越集中于澳门文学的建设上来。这让我强烈地感觉到：澳门文学正在走向自觉，一个澳门人自己的文学时代即将到来。

事实确乎如此。包括诗歌、小说、散文、评论在内的“澳门文学丛书”，经过广泛征集、精心筛选，目前收纳了多达几十部著作，暂分两批出版。这一批数量可观的文本，是文学对当代澳门的真情观照，是老中青三代写作人奋力开拓并自我证明的丰硕成果。由此，我们欣喜地发现，一块与澳门人语言、生命和精神紧密结合的文学高地，正一步一步地隆起。

在澳门，有一群为数不少的写作人，他们不慕荣利，不怕寂寞，在沉重的工作和生活的双重压力下，心甘情愿地挤出时间来，从事文学书写。这种纯业余的写作方式，完全是出于一种兴趣，一种热爱，一种诗意追求的精神需要。惟其如此，他们的笔触是自由的，体现着一种充分的主体性；他们的喜怒哀乐，他们对于社会人生和自身命运的思考，也是恳切的，流淌着一种发自肺腑的真诚。澳门众多的写作人，就这样从语言与生活的密切关联里，坚守着文学，坚持文学书写，使文学的重要性在心灵深处保持不变，使澳门文学的亮丽风景得以形成，从而表现了澳门人的自尊和自爱，真是弥足珍贵。这情形呼应着一个令人振奋的现实：在物欲喧嚣、拜金主义盛行的当下，在视听信息量极大的网络、多媒体面前，学问、智慧、理念、心胸、情操与文学的全部内涵，并没有被取代，即便是在博彩业特别兴旺发达的澳门小城。

文学是一个民族的精神花朵，一个民族的精神史；文学是一个民族的品位和素质，一个民族的乃至影响世界的智慧和胸襟。我们写作人要敢于看不起那些空心化、浅薄化、碎片化、一味搞笑、肆意恶搞、咋咋呼呼迎合起哄的所谓“作品”。在我们的心目中，应该有屈原、司马迁、陶渊明、李白、杜甫、王维、苏轼、辛弃疾、陆游、关汉卿、王实甫、汤显祖、曹雪芹、蒲松龄；应该有莎士比亚、歌德、雨果、巴尔扎克、普希金、托尔斯泰、陀思妥耶夫斯基、罗曼·罗兰、马尔克斯、艾略特、卡夫卡、乔伊斯、福克纳……他们才是我们写作人努力学习，并奋力追赶和超越的标杆。澳门文学成长的过程中，正不断地透露出这种勇气和追求，这让我对她的健康发展，充满了美好的期待。

毋庸讳言，澳门文学或许还存在着这样那样的不足，甚至或许还显得有些稚嫩，但正如鲁迅所说，幼稚并不可怕，不腐败就好。澳门的朋友——尤其年轻的朋友要沉得住气，静下心来，默默耕耘，日将月就，在持续的辛劳付出中，去实现走向世界的过程。从“澳门文学丛书”看，澳门文学生态状况优良，写作群体年龄层次均衡，各种文学样式齐头并进，各种风格流派不囿于一，传统性、开放性、本土性、杂糅性，将古今、中西、雅俗兼容并蓄，呈现出一种丰富多彩而又色彩各异的“鸡尾酒”式的文学景象，这在中华民族文学画卷中颇具代表性，是有特色、有生命力、可持续发展的文学。

这套作家出版社版的文学丛书，体现着一种对澳门文学的尊重、珍视和爱护，必将极大地鼓舞和推动澳门文学的发展。就小城而言，这是她回归祖国之后，文学收获的第一次较全面的总结和较集中的展示；从全国来看，这又是一个观赏的橱窗，内地写作人和读者可由此了解、认识澳门文学，澳门写作人也可以在更广远的时空里，听取物议，汲取营养，提高自信力和创造力。真应该感谢“澳门文学丛书”的策划者、编辑者和出版者，他们为澳门文学乃至中国文学建设，做了一件十分有意义的事。

是为序。

2014.6.6

目　录

CONTENTS

卷一　斗室闲论时政

卷二　君子行而健

卷三　坐而论艺

卷一　斗室闲论时政

新移民

我家住的那条街，以前有很多葡国人居住，所以也就有很多菲律宾人出入。虽然时移势易，很多葡国人和土生葡人都走了，但菲律宾人却没走。很多菲律宾人在本地居住够七年后，也取得了在澳门的居住权，成为澳门为数不少的少数族群。

到了现在，这条街上有了几家菲律宾人开设的店铺，有薄饼店、美食店、杂货店等。每次路过，见他们忙忙碌碌、勤勤力力的，心里也有点羡慕。以传统中国人心态想，毕竟是人在异乡，能安下心来，还创出自己的事业，确实是难能可贵。

不过，并不是每一个人都是那么勤勉及幸运，也有很多菲律宾人失业、逾期居留、做黑工，甚至做出不法勾当，前年在这条街上的垃圾桶揭发的藏尸案，就是这些人谋财害命的结果。

深宵放工路过喷水池，也会见到愈来愈多的菲律宾人聚集。女的一般都会穿得性感惹火，看得过路的叔叔伯伯目不转睛。澳门“黄业”昌盛，菲律宾女人有一定“功劳”；但在街头市面如此招摇，则只是近一两年才见到的事。伴随着她们的菲律宾男人大多很年轻，拖着拖鞋，旁若无人地大声讲大声笑。前晚其中的几个可能是喝醉了，竟把喷水池花坪旁的垃圾桶当作泄愤工具，轮着踢来踢去。附近的居民真是活受罪了。

澳门是一个移民城市，提倡多元种族多元文化的包容性。我想，澳门是做到了。但是，在一些舆论敏感的事情上，有时我们似乎是欺善怕恶。为什么内地劳工无论在澳门工作多长时间，也不能成为正式居民？为什么我们整天眼睛盯着的都是内地黑市劳工，却对黑市菲律宾人仿佛视若无睹？无疑，黑市劳工都是不合法的，不应因人数的多少而区别对待。

有时，过分的着眼包容，反而成了常说的“过犹不及”，一些表面看来从不令人留意的事情，很可能慢慢发展成为城市的肿瘤。

2004.6.29

重整

暑假的澳门真是一个大地盘，这头水坑尾大马路还未重整完毕，那头的荷兰园马路尾又钻个不亦乐乎了；近个多礼拜，大庙顶重整工程正热火朝天。

烈日下，做这些整路工程的工人固然特别辛苦，居民也不见得事不关己。到处都是重整工程，走路的要忍受尘土飞扬，坐巴士的塞车困在车上心急火燎，开电单车的夹在喷着热气的车龙中更不好受，想要破口大骂，可是该骂谁去？

澳门真是一个奇怪无比的地方，本身是一个极度倚重游客的旅游城市，可是我们总会看到在重要的节假日，总会有某个重要的景点或建筑在重整或重修。例如去年大半年里，好好的一个喷水池广场，就有一幢建筑物终年披着破破烂烂的红白蓝；待到年底大楼建好了，圣诞来了，民署大楼又披上重修的胶网；今年的暑假客似云来，我们的特区政府就用这个千挑万选的日子来重整大三巴牌坊。望着令人啼笑皆非的喷胶画，不知当局是否有意要让游客留一点遗憾，好让他们日后重来（或者不来）？

曾经听到一个说法，之所以挑这段日子来做工程，主要是暑假时少了接送上学的车子，不致耽误了上课时间。可是，其他的人呢？游客呢？谁重要谁不重要？

最根本的问题是，是否重整的都是必要的？是否都要在旅游旺季里重整？重整了，是否更好？

大庙顶重整，我首先惊讶地看到的是主教府办公大楼前的大青石板统统不见了，铺上水泥，似乎还会有个花槽。就算在重整前，青石板地也丝毫不影响到人和车的行走，三幢大小建筑物前的青石板地就是一个很有吸引力的传统建筑特色。改铺水泥地，不见得人们走在上面会好过一点，反而会是更热一点；而且这样一改，没有特色之余，更与周边建筑特色不相符。

这样的重整，既失去自己固有的特色，也没有比别人出色之处，结果就是“里外不是人”！我很替大庙顶的那几棵石斛树担心。

2004.8.2

抄牌

日昨到艺术博物馆参加一个画展开幕礼，到的人很多，停车场已满，只好把车子停在馆前的一个空地上。空地上少说也停泊了一百几十部电单车，基本上是排列整齐的状态。大约过了一个钟头，快到要走的时候，接到友人急电说有警察抄牌，于是连书也不买了，急急奔下楼。还好，差两部车就抄到我的车子了。走的时候，我不忘对着埋头抄牌的警察说：阿 Sir，今回一定满额啦！阿 Sir 微笑不语。

第二天早上，我也要到同一地点，车子刚停，发觉已经有一名警察叔叔在抄牌，我庆幸又一次逃过“大难”。

同样的遭遇，相信在澳门街大有人感同身受，同样的话题说了一千遍一万遍。虽说类似的抄牌不必马上“过水”，但给我的感觉，那是一个“定时炸弹”，并不好过。

最不好受的，是那种被人玩弄于股掌间的感觉。看着“牛肉干”上大条“道理”，但五万多辆电单车，只得万来个车位，教交通警如何不抄牌?! 教我们如何能不被抄牌?!

孔圣人说“唯女子与小人难养也”。女子“难养”，只不过太过感性，男人不够耐性罢了。“小人”难养，只为他们难以捉摸官心！例如，把车子停在横巷里，明明几年来一直停泊的位置，大家相安无事；虽无可以泊车标志，可也没有不准泊车告示啊。失惊无神间就接到“牛肉干”，让人怎么说也气难平。可怜的是，居民连问一声“为什么”的对象都没有！

要解决交通、泊车、抄牌问题，以前已经有专家学者提出很多方法，邻近地区也有不少可借镜的经验，不过总不见当局有所行动。是否一旦实行，就会为某些官车带来不便？于是乎，“你死好过我死”，反正抄牌总不会抄到他们的头上。于是乎，澳门街上每年照样涌入过万辆车，警察抄牌财源广进。活在这样的澳门街，若说我们被抄牌是“活该”，那么，这样的处罚是“该死”！

2004.9.5

恶俗

近日走过大庙顶，恍然发觉重整后的大庙顶人行道应会是葡式石仔路，而往昔几座旧建筑物前的青石板将会大部分消失。

本来，大庙顶前铺葡式石仔不失为一个好构思，因为这样可跟喷水池行人区连成一气，且更增葡国特色。但，除此之外，别无他法？再联想到近期重整后的望德堂及水坑尾，通通如此类推，似乎“铺石仔”成了一个万应丹。澳门的官员们是否太轻易下决策了？

不要说整个澳门街全都铺上了葡式石仔的单调乏味，单单看一下铺好后的路面很快就凹凸破损、虾兵蟹将的缺眼少尾，再对比里斯本石仔广场的多彩多姿，就明白这些决策者是如何的敷衍草率。

我不认为行人区全都铺上葡国石是何等聪明的决定。当初澳葡政府在市政厅前铺上这些鱼鳞纹，有谁能否定当中没有文化殖民宣示的意味？澳门曾经被葡萄牙管治是历史事实，我们不必激进至拆毁以前留下来的葡式建筑，何况它现在还是旅游业的金蛋；但我们又有何理由把这些中国人的不愉快记忆发扬光大?! 所谓“有奶便是娘”，此一例也，只能用“恶俗”一言以“毙”之。

澳门正密锣紧鼓进行申报联合国文化遗产，好彩的是，大庙顶、主教座堂不在其列，否则将来不成事的话，入谁的数都于事无补。不过，不列入申遗之列的文物建筑也并不表示就可以任意改变，澳门的“欧陆风情”、“中西合璧”的城市特色并不单靠葡国石仔建立，若我们只看到目前这类特色建筑受欢迎，就一窝蜂地铺石仔，泛滥的“葡式石仔路”造成的单一化，并不是长远而慎重的城市建设规划。

其实，还有什么比原本的更能体现澳门中西合璧的建筑特色？浓厚西方文化特色的主教座堂、典型葡式建筑的主教府及办公大楼，配合典型的中国建筑用材青石地板——这就是四百多年来华洋共处相融的文化特色！

2004.9.18

改变

近来很怕走过喷水池一带，太多的旧店关门，太多的新店开张，这种速度真是廿年未见。按大多数人的看法，这是好事，经济不好，何来新店频开？凤凰无宝不落，商人唯利是趋，但愿我们的城市不要变得面目全非。否则，当人家获利远航，就只剩下一堆烂铜烂铁烂摊子给我们了。

最明显不过的例子是一连气几间化妆品店的开张和装修。早两年，陆陆续续进驻的化妆品店为充满怀旧氛围的喷水池区增添不少现代气息，就好像在一座古老大宅前伫立的摩登女郎，成为美好的视觉享受。这种视觉享受除了是古老和现代的有机结合，最主要的原因，应与它们的店铺设计有心思、很独特有关联。

譬如SASA，门面是大型的香水橱窗，令你目迷五色，炫惑诱人。给我的感觉就如一个都市红粉女郎，既充满现代魅力，也有丰富的内涵，总吸引着人们的目光和脚步。Body Shop则有着浓浓的欧洲味，一色通透的玻璃门面，暗绿的线条，柔柔的灯光，低调而雍容，更为这个澳门街头增添欧陆韵味。而Angel则一如遍布大街小巷的超市，简便、一目了然。

不过，现在这个格局已然改变，重新装修后的Angel，灯光刺得路人的眼睛也睁不开，内里的摆设明显是要给人一种高档的感觉，可惜货品还是街市货色，就如去超市用买露笋的价钱买红萝卜一样，令我对它失去了真实感和信心。Body Shop

更糟，彻底的改头换面后，从容而随意的味道亦荡然无存了，与另外三家化妆品店毫无异致，非常可惜！

我明白这些改变都是顺应内地大量涌至的“自由行”游客口味而为的，商人投资大量金钱，希望能在最短的时间里赚取回报，这是理所当然的；我也不是死抱古老东西不放的人。作为一个对澳门有着美好回忆、热爱她的人来说，我只希望这改变是理性的、有独特形象的、能保存城市发展足迹的。

在自由经济的社会里，特区政府是否可以为城市的未来发展制定前瞻性的政策及有引导性的具体措施？

2004.12.4

省心

返工要路过喷水池一带，出门后无论从哪一条路走，路程都差不多，也总会找到我喜欢看的东西或喜欢的小食。例如从南湾上斜路走过大庙顶，顺便买一个花生夹饼边走边吃，当舌尖怀着香喷喷的美好回味，就刚好回到公司。有时，也会绕道卖草地，饮一碗凉茶，或食一个热辣辣的红豆饼。

这样说，似乎好为食，但工作不外乎搵两餐，一点点地道小食可换来满心满足，划得来呀！相信很多学生们的少年回忆里，这些街头小食也占据了不多不少的分量吧？澳门给人宁静温馨的印象，这些小摊档的袅袅轻烟居功不少。

但近几个月很怕这样的边走边逛，特别是周末。如果时间允许，我会想法绕过去，因为实在太多人了。游人太多，澳门太细，稍一走神，就会被人撞得胳膊好痛，或者碰到别人的相机三脚架之类。

而我的心头好亦太出名了，每次经过都见到人手一图的内地游人围成一堵人墙，又或者排成一大串的港客，个个引颈以待；于是我又不好意思（又没有那么多时间）去迫埋一份，只能猛吸几口香气，急急脚走人，心里盘算着什么时候放假路过顺道止止馋。

被迫接受的慢慢愈来愈多，最近几天走过民政总署和仁慈堂前的花坛，赫然入目的是一块块“切勿乱抛杂物”的警告牌竖立在鲜花丛中，这些只有在内地才会触目所及所在皆有的警告字句牌，竟然会出现在澳门的心脏地带、旅游重地，不知是该庆幸澳门的旅游业一片兴旺呢，还是悲哀澳门正一点一点被一些不应出现却似乎合理存在的“习气”蚕食？

或者，凡事没有绝对的好与坏，游客多了，他们的一些不良习惯难免被一并带到澳门来。我得承认，街头小食要等，可能会显得更矜贵，但让不良现象“等”下去只会败坏澳门形象。或者，我们是否可以做得进取一点？比如，我们不能制止游人不丢垃圾，但我们可在合适地点多放垃圾桶，又或者设计一些美观而实用的废物收集箱引导游客；又或者，民政部门可否学“西湾大桥”征名比赛，拿它个三几十万出来，搞个垃圾桶设计比赛又如何？

2005.1.15

始料不及

日前看到权倾一方的某人在报上说，未来澳门的人口要增加廿万才能继续发展，因为有人手才能开展工作云云；呼应他的话的是一条澳门申请轮候经济房屋的人数激增。过了两天，邻埠电视台播放一条有关澳门的专题报道，说澳门以廿八万平方公里的土地却居住了四十七万人口、十多万部车辆，结果人口及车辆密度都是世界之最。

现在澳门各区都会塞车，而讲求速度的电单车则左穿右插，险象横生。澳门人现在考一个车牌大约要排期一年，而被访的官员就回应说，会尽力加派人手、场地、加快发牌速度以解决问题云云……

做主妇的，对“一阔三大”这句话当有很深体会。家里增添一个人，表面只是多了一双筷子，不是吗？那顿饭菜是多少人都一样要煮的，一盏灯照多少个人都一样开着；多个人一起生活似乎还可起到分摊成本的作用。可是，做主妇的会发觉到家里人用厕所要排队了、地板很快就脏了要抹了、物品消耗的速度快了、做家务的时间更长了……

一个家就是一个小社会，两者有很多相似之处；所不同的是，社会比家庭多了很多利益冲突，所以社会的管理、政府的决策要做得好实在是需要很大的智慧。不过，有时因为我们身处其中，处理事件未免会“雾里看山”。或者，只有跳出三界外，才可拨开迷雾，认清前路。近日看各种传媒的不同报道，就让这种感觉更为强烈。

澳门是否要陆沉了？恐怕这样说会让人杞人忧天。事实上，即使再涌进更多的人，澳门也当然不会真的沉了。不过，将来的澳门不是一个理想的居住地却已是摆在眼前的事实。无论我们指责人家妒忌又好、憎人富贵嫌人贫也好，澳门的居住环境正急遽地变差却是事实。正如一个小小的居室里，突然涌进了太多的租客，穿墙鑿屋、胡乱僭建日日发生；而屋主人却只能无奈地看着这一切发生，却再无力制止。

2005.1.15

一体化

看电视，有一个节目叫“放眼看华南”，不过，每次都是宣传“中山有××”，有一次说到中山有特产杏仁饼，我的儿子讶然：杏仁饼不是澳门特色手信吗？怎么跑到中山去了？那澳门还有什么特产？

是的，澳门除了杏仁饼，还有什么？我们当然可以说还有赌场，还有美食，还有购物，可是，有哪一样是澳门特有的、别处无可取代的？正当新加坡准备开赌、中国香港好想开赌之际，中国澳门的博彩业龙头地位已是岌岌可危；至于葡式美食嘛，就更不是独门秘籍了，正如现在还有谁会说“食在广州”？

前几天到街市买菜，菜婆告诉我，今天的油麦菜好靓，爽脆无渣，是云南种出来的。云南种的油麦菜？一试之下，果然“正”菜！回想早几天另一个卖菜芯的告诉我，这几天的菜芯是在北京种出来的，我差点不相信自己的耳朵，菜芯原本是珠三角特色菜蔬，怎么在当造的季节跑到北京去了？

当我们看到报章上天天呼吁要与国际接轨、电视上反复强调全球一体化的时候，究竟澳门身处国际哪一个位置、拿什么与人家接轨？当全球一体化的时候，澳门又以怎样的面目出现？商品经济愈是发达的社会里，事物的独特性就愈难以保存，在这个时候，每个地区的人们就更应有保存本地区独特性的坚持。当然，我们不能阻止商家赶潮流、揾热钱，令到整个板樟堂变成化妆品、鞋铺一条街，可是，自由行热潮一过，澳门又拿什么与人家竞争？

当在燠热潮湿的南方当造的菜芯在北京这个政治中心也能种植、输出到澳门的时候，澳门又有哪一样东西是我们所独有、不会在别处买得到的呢？

前几年有一次听陆春龄老先生吹笛子，老人家激动地表示，越是国际化的东西，就越是民族化。我的理解是，不具有独特民族性的东西，是没有跟别人交流的资格可言的；而一与“国际接轨”后，这种独特性将会逐渐消失，这个“国际地位”也就随之消失。内地这样的例子太多了，澳门呢？

2005.6.10

申遗

好啰好啰，澳门终于成为世界文化遗产的其中一分子了，这下澳门发达啰，看谁还敢说澳门除了赌就没有其他了！

早几年在内地，大家都拚命去申遗，一旦成功，马上就成了旅游大热点，那就真个财源滚滚来，真是“什么都有了”！不知道澳门是否也是这样呢？

若果真是这样的话，那是澳门人的福气了！我首先替旧城区的商铺高兴，祖先的余荫终于照到他们的头上，想起到内地旅行时到处人头涌涌的境况，相信光是坐在小铺子里卖冻饮也够赚的了。

其次是有两种行业的人不愁冇工开，一是大学里教历史的老师。据知澳门中小学里是没有教授本土历史的，以澳门四百多年的开埠历史，这个缺口的填补正其时矣。大学里应马上开设澳门历史专门学科，我想应大把人争住读的吧？另一种人是导游，为保障澳门的旅游形象，他们都应先完成澳门历史的专业学习才能领牌，对不对？

不过，看官们也别高兴得太早，因为领到“世界文化遗产”的牌子并不是终身制的，假如有什么杀鸡取卵的举动的话，是会受到黄牌警告甚至取消资格的。这不是太早泼冷水，在澳门住久了的人，都会知道在澳门什么都会发生的，尤其是地方太小机构太滥的地方，某天得闲没事干，心血来潮下命令改装一下某个属于世遗的景点，也不是没可能发生的，噬脐莫及的事我们还领教得少吗！

又或者到了某一天，建赌场的地盘没有了，“民间”跟“特区政府”私下相议好，把某个前地或某座教堂拆了建“娱乐场”也未始不可能的。君不见，新口岸偌大的何贤公园不是说没就没了吗?！管你什么“世遗”，见着孔方兄都是要统统让路的！澳门什么事何曾例外?

可能到了那时，赌场大佬会拍着心口说，怕什么，干脆把澳门彻彻底底建成一个大赌场好了，等我百年之后（我想他是想说一百年之后），让澳门的大大小小赌场都申请世遗，不就得了?！

2005.7.16

使钱

澳门特别行政区政府宣布本年财政收支结算盈余九十七亿，相信是历来最大的财政结余了。该用的都有得用了吗？不该花的也已花了罢？都说家大业大众口难调，澳门地方细小，况且正朝着美好的前景发展，要管理好它的确考智慧，但要搞坏它也不用费多大力气。澳门“梳打埠”的名号由来已久，钱财来得容易去得也快，我更不希望的是若干年后，澳门成了“三更富五更穷”的典型例子。

政府剩了九十七亿，相信来年继续有很多人打这笔钱的主意，我也一样希望能有一份政府派的圣诞（或新年）礼物，不过，这种美好的愿望总是不会在穷人身上实现的。从前澳葡政府时期，澳门人的钱都益了葡国人；但澳人治澳以来，也不见得澳门的钱就益了澳门人。雨露均沾，何其难哉！

有九十七亿在手，我敢肯定特区政府明年还会继续有大手笔的基建项目，澳门还会是处处溶溶烂烂的样子。不过，拜托不要再去铺石仔路了，再像目前的速度铺下去的话，以后到澳门观光的游客一定晕晒大浪——别高兴得太早！我是说澳门将会被千篇一律的葡国石仔路搞得如迷宫一般，让人不知身处何方。这情形就像早十几年前的黑沙环和新口岸的建筑物一样，一窝蜂地上马，千人一面的模式，为的是贪图快捷省事。

泛滥的葡式石路令本来别致的小城风韵变得粗糙而面目模糊，更令人感喟的是，那边厢疯了似的铺石仔路，这边厢，高原街却在快马加鞭地掘走旧式石仔路——把真正的城市历史特色掘走，重新做一些仿古建筑，这就是我们特区政府的花钱方式！

据老行尊说，大三巴街和高原街这两条旧式石鼓路是早年重修道路时，特意保留下来的，以配合周边的古老城区建筑面貌。虽说现在城市发展，特别是高原街更成了旅游巴必到之处，这一两年要改造此路的声音越来越多。发展经济与保留传统是否就是水火两不容？

须知道，到大三巴的游客就为了看澳门的古老历史建筑，今天我们竟然把已列为文化遗产的历史城区的其中一部分铲掉，是否将来我们又要为留住游客的目光而重新砌回仿古建筑？果如是，我真为刚拿到手的“世界文化遗产”招牌而担心了，若被收回的话，那是亿万金元也买不回的啊！

2005.12.24

舒气

吁了一口气，2005年终于过去了！

这口气吁得一点都不轻松，是吧？2005年的澳门，是否可以说，是十多年来变化最大的一年？用“日新月异”来形容也不为过，身处当中的我们，又改变了多少？

2005年进行了新一届立法会选举，直选议席增加，议员中涌现了一批新面孔，也不再集中于某些行业。看施政报告质询大会上，议员与官员们这些澳门“握桨人”的精彩表演，一时令人握拳，一时令人莞尔，一时令人抱腹。但愿今年的澳门一如既往，在惊涛骇浪中勇往直前之余，有惊无险就好了。

2005年澳门发生的许多大事都与我无干，唯独认同温家宝总理在特首上京述职时所赞赏的一件事：澳门将实行十五年免费教育。虽然距离这目标还有几年时间，但愿特区政府早早为此准备，不要让这计划像去年施告中有关艺术教育的设想一样，流于空谈。

澳门特区政府去年有九十七亿的财政盈余，说多嘛可能今年更多，说不多嘛比以往任何时候都多，祈愿我们的特区政府未雨绸缪，将来不要应了香港人那句“有咁耐风流有咁耐折堕”就功德无量了。

2005年澳门花了四十七亿搞东亚运，是否值得见仁见智；据说当中三十多亿用于建场馆，日后普罗大众到底能享受到多少这些场馆的福利，只能说句走着瞧了。刚结束的书展在刚落成的塔石体育馆举行，每小时租金一千大元，我看这体育馆倒是会生金蛋的“澳门蛋”了。依小师奶的数口，若拿少建一个体育馆的钱用作社会保障基金或老人福利金，特区政府就真正有口惠有实惠得多了。当特区政府给老人家的保障增加，无形中也就减轻了每个家庭的负担。锦上添花时时有，但特区政府更应该做的是雪中送炭的事情。

2005年，对于澳门的四百多年开埠历史来说，是最好的时刻也是最坏的时刻。澳门历史旧城区申报世遗成功，让人期待这厚厚的历史沉淀能继续好好保存，并哺育出独特的繁荣的人文艺术之花。不过，观乎去年博彩业方兴未艾蓬勃发展的势头，只能暗里叹一句：这镶金的白瓷碗不要在来势汹汹的银弹雨下内伤得太重就好了！

2005.12.31

变速

有道是：三年一小变，五年一大变。

澳门这三两年的变化，岂能用三五年等待，简直就是以三月一小变、五月一大变的速度行进中，变得让人有点恍然若失。

说到速度，让我又想到前一段时间的“剪树运动”，那是因为有一株大树压死了人的缘故，于是特区政府痛下杀手，市区内茁壮的树干几乎都被锯之哉。事关人命，锯树要比验树快，速度之快，前所未有。

于是，当走过葡国领事馆围墙边，夏天的一地浓荫已换上一副癞痢头，凤凰木、白兰树、银合欢，无一例外只剩下光棍一般的主干；大炮台也在某几天闭关，为的是要锯走山头那几株树的手手脚脚，真可怜！树不会说话，否则，我想它们会问：我们是否以后必须永远保持这个样子？若不能长成茂盛的大树，那么当初种树的本意是什么？若不让生长的话，倒不如不种好了——可是那又一定能保证不出别的什么事死什么人了吗？

另一样令人感受“澳门速度”的是铺石仔路。相信不必再等多少个月的大变小变，我们的澳门就将会变成葡国火山石的海洋。这样的改变是好是坏，真是无从预计；正如当年我们痛骂葡国人不思进取，让澳门面貌一直保持着几百年前的模样，可到头来，这旧模样一夜间竟成了世界遗产，成了老祖宗留下来的金饭碗。捧着金饭碗不吃个够本那才是咄咄怪事！

因为在急遽改变的同时，会有变好的，也会有变坏的，这样的五味杂陈，相当精彩。变好了的，那是我们的主观良好愿望；变坏了的，那是客观因素使然，由不得我们做主。谁不想好过一点呢？每做好一件事，总是由很多方面配合才能达到的。最糟糕的是，主事者不假思索的“一刀切”——不求效果、不顾长远利益，只求邀功表现、短期效应。

2005.11.26

蓝屋仔

澳门成功登录世遗的名目是“澳门旧城区”，名单上清楚列明的有廿四处建筑群。不过，未知与之周边相连的地貌是否也列入保护范围？假如是，我们为什么会看到久不久就有部门率先带头破坏而且不用负上任何责任？假如不是，文化局的管理范围只及于这十二个世遗点，那么，周边的建设是否可以为所欲为任意兴建？如此一来，在可见的不久将来，“旧城区”新厦林立，这些世遗点很快就会变成“孤家寡人”。

较近的例子是恋爱巷的改造，大条理由说是治理乱泊的电单车，就要把一条好好的巷子想当然地翻版成另一条“仁慈堂右巷”。说到治理电单车，只需在巷口加建三几级麻石阶梯，相信已可达至效果，实在想不通为何要如斯劳师动众大肆改造至面目全非？

或者是巷子太细或者原版太成功，又或者街坊对此等改造已看得麻木，留意此事的人似乎并不多。但恋爱巷出现在各类型以“澳门旧城区”为主题的创作的次数实在太多，再想到它的尽头连系着已成世遗的旧城墙与大三巴，如此改造，实在有点令人怒火中烧。

稍远一点的例子如氹仔旧城区里竟批出建几十层高厦事件，主事者最初摆出的姿态很高冷，直至众怒难犯，才灰溜溜地说我们另想办法吧。

诸多的例子令我想起特区政府的一句宣传口号：“澳门是

我家”，我现在相信，在澳门为官者当中，大不乏人对这句口号越来越入心。

最新的例子，是社工局要把现有的办公点“蓝屋仔”拆建成十四层高厦。说到这幢近八十年历史的建筑物，在澳门众多百多年历史的建筑中，它还真的算不上什么辈分；可是，一如所有东西的价值并不单单从年资上体现的道理一样，“蓝屋仔”这个名头在澳门街也算是响当当的唯一一间了。看它的现状，不难再用多三几十年，轻易迈入百年遗产当中；不过，当下的使用者再过三几十年后的情形如何，却是难以令人想象的了。

职是之故，假如主事者想上班时也可叹豪宅、跑十四级楼梯健身的话，“蓝屋仔”可真不是理想的办公地方，我看他还是择地而迁好了，手下留情让出这屋仔，好让澳门人可继续保留这一点美丽的诗意的蓝色吧。

2006.6.10

悲剧

哲人说过：悲剧，就是把美好的东西在你眼前毁掉！

在小城，大部分的娱乐及表演都是免费或是很廉宜的，不单如此，有时主办单位还摆出简直要哀求人们去看的模样。不过，近日这情况稍有改善，因为多了一群外地客义不容辞地帮拖，本地居民的心理压力才稍作减负。综合来看，近期观众看得较多的表演项目都是悲剧，致令大家都有“吾不欲观之”之慨。以下就其中剧目试列举一二剧情。

剧目一：《飞来横祸》。通常隔三差五地在本澳各大地盘上演，演员几乎都是外援。外援劳工大多年轻力壮，满怀希望到了澳门，满以为能在这个神话般的大地盘上挥洒一身热汗，赚它个荷包肿胀地回家乡，养妻活儿起高楼。但黄雀在后，不熟不啄，当完工在望、大限来临，外援通通被当作黑人抓进了牢房。最可怜的是那些被耗损过度的机械选中照头掼下的人，被迫往黄泉路上赶，只剩下家里人接演这悲剧的尾场。这些悲剧的观众以本地居民为主，难得大家都看得非常入戏，同声一哭，不少人还掏出不用买票而悭出的钱筹款以作结局篇之用。

剧目二：《弃旧厌新》。主要演员为特区政府各大施政部门，因为本地实施多头管治，亦即舞台术语中的多角制，所以主演者有点模糊不清。剧情大致是说，小城数百年间一向与世无争，也无甚大钱住高楼起新屋，所以百年前的旧街短巷触目可见，这一片遗世独立的清静竟也赢来了“世遗”的名号。福兮祸之所伏，意料之中地惹来赌城大鳄的垂涎，到处沙尘滚滚，小城陷入一片赌海中。这还不特止，口袋里有钱的本地官儿们也来凑一份热闹，对住了几百年的旧城开始横挑鼻子竖挑眼，继而轮番改造，誓要令它们焕然一新，新簇簇一如同一个模印出来的一样，以显示他们并非养尊处优、脑满肠肥。满城本地外地观众看得愕然之余，更惊觉完场后家园面目全非，旧有记忆全被洗脑，只剩一群呆若木鸡、噤若寒蝉的过客。

2006.6.27

图书馆

不看报的话，我不知道澳门有多少家图书馆，原来，小小的澳门，竟然有二百五十四家图书馆，这真是从哪说起？！

究竟图书馆的定义是什么？相信没有一个全世界通用的固定标准。在澳门，能划入这二百五十四家范围的图书馆会是怎样的规模？真是令人挠头。单单看此数字，倒是令人高兴，澳门有六个堂区，平均算起来，每个区都有四十多家图书馆，大概是每隔三几条街就有一家图书馆吧，噢，这个文化之城的口号可真不是白喊的！但内里的真实情形如何，就只有澳门人才清楚了。

我这两年甚少到图书馆去，除去余暇时间少的因素，有两大原因令我却步：一是质量，二是环境。

先说质量。本来我曾在资料网上看到能外借而又想看的书，可是总不见返架，又不能预约外借，试过几次后就很扫兴了。再看看架上的图书吧，流行通俗小说排得满满的，学术性资料性的零零落落，据说为了腾出地方，很多冷门的学术性图书长年存在仓库，未能与需要的人见面。那么，是先有怎样的读者才有怎样的图书馆呢？还是先有怎样的图书馆才有怎样的读者？特区政府图书馆要为广大的读者提供怎样的精神食粮？假若只是着眼于为提高进馆人数而迁就大众口味的话，持续为他们提供即食面式的读物，又是否可以为提高整体的城市人文质素出一分力？何况，图书馆正正是这方面的主力呢！

再说到图书馆的阅读环境，早前有个关于澳门未来新图书馆的座谈会，很多人倾向是一种多元的社区综合服务性的形式，同时也希望新馆成为一个文化地标。我想，除非新馆占地很广阔，能明确划分出不同功能的阅读空间；否则，它将会成为另一个新的街坊阅览室，与“文化地标”的期望差远矣！

事实上，先进如中央图书馆，标榜为幽美阅读区的室内露台区，往往是被做功课的学生占满了，若坚持坐着不走，你会被学生翻白眼，又或是你被来来去去的脚步烦扰得一字也看不进去。返回馆内，就更是小朋友与看报纸杂志的街坊的天地。难道我们花那么大资源，就只是为了多建一个阅览室？在我看来，阅览室只是社区中心的其中一项设施罢了。

2006.8.20

浮躁

最近几晚走过新马路斑马线的时候，前方的私家车照样驶过，轮子就差那么半吋就辗过我脚趾了。什么时候，我们小城让人交口称誉的礼让美德慢慢消减？

有好几次，我的绵羊仔以正常速度行进当中，却被后面的私家车响号要我让路；什么时候，澳门人变得这么不耐烦？

我好怀念往年夏天的喷水池的早晨。六七点钟时光，晨曦斜照玫瑰堂，夜雨后的空气一片清新，石仔路上偶尔三几个行人，花婆担着花篮悠悠走过，是白兰花的清香。可现在，喷水池的清晨是一片熙熙攘攘，木椅上躺满了袒胸露腹的大汉，花坛边上满是残汁垃圾。什么时候，我们的小城和内地毫无二致？

漫步喷水池，两旁拱列的葡式建筑物是最迷人处。近月来，玫瑰堂前却到处是建筑工棚，简便的装修，一副搵急钱的嘴脸。什么时候，喷水池最终变成大卖场，葡式特色只剩了几排柱脚？

正当特区政府如火如荼急于把小城申报为文化遗产的时候，小城的人们正心急火燎把先人的遗产故居搵个好价钱急急脱手，以赶上这千载难逢的开赌好时机。什么时候，这份遗产只剩下不堪一击的虚壳或者回忆？

澳门虽是一个赌城，其实民风相当淳朴。不过，近来赌场遍地开花，深入民间，连小朋友的街头玩意儿也直白玩钱。我担心，什么时候，我们的儿子无赌不欢、无赌无以维生？

正当报章大字标题教人收入不理想不如做荷官的时候，小城的大学、中小学生早已抛下课本飞身扑入赌场；可怜的中学生今个暑假有份玩暑期活动，个个要做暑期工，只因为人力市场虚空，时薪多了几文一个钟。什么时候，小城的传统价值观与自信全被这些金蛋银蛋摧毁，澳门终于蜕变成了一个赌城？

什么时候，我们的小城变得如此浮躁？

2006.8

澳门特色

近日经过八角亭，又见到民署绿化人员在掘地种花种草，新种下的花草疏疏落落的，之前有部分还未长好发新芽的，又被连根拔起了。如此的又拔又种，去年重整后的八角亭花圃，竟似是未见一日完善过。

我很替那些道旁花草不值，且不说有否机会生长繁盛，还要每天在烈日下暴晒、在废气轰炸下奄奄一息。我更替八角亭花圃不值，往昔“乱花渐欲迷人眼”的美丽情景竟不可再。

昔日的八角亭花圃，我认为是全澳门最美丽的“市肺”。那棵家辣堂区的树王“香樟树”，让多少莘莘学子在烈日下，携着妈妈的臂弯走进一片清凉中；也让不少老人家在等候孙儿放学时，头上有一片绿荫。迷宫般的花圃，大红花与灌木疯了似的长着，围绕着红红的八角亭，一片绿意。

往昔的四五月，当车子来到八角亭前的红绿灯，我都会乐意停一停，因可望两眼亭前那一排花枝摇曳的夹竹桃。那一片繁花绿叶，有多少现代都市里可看到呢？可惜，这些景致已不再得，夹竹桃不见了、大红花不见了、很多的矮灌木不见了，只剩下孤零零的紫薇花，伴着的是半死不活的一些绿一些紫的花或草。

据说，重整八角亭花圃是为了统一全澳的绿岛风格，令澳门的绿化要跟上亚洲的绿化潮流，就是要整齐划一。所以，这“一刀切”的结果，就让我们看到了重整喷水池的一片反对之声，自少熟悉的红鸡蛋花树不知所终；看到了重整后的八角亭花圃一片死绿，只剩烈日当头。

无可否认，以前澳门的绿化有着浓厚的欧洲田园风格，随意、自然，没有多大人工修饰的影迹，这恰好是配合了澳门的南欧建筑特色。重整后的绿岛无疑是“跟上了潮流”，可是，却也失去了澳门的本土特色。须知道，潮流是不能死跟的呀！不经深思熟虑的特区政府部门决策，付出的却是破坏整个澳门形象的代价。

20世纪90年代初，当喷水池重整改为行人专区，它开了整个中国以至邻近地区的先河。可是，当现今的内地城市模仿港澳大建城市广场，占用紧张的土地资源，已引起有识之士的反对；澳门在绿化上又何必邯郸学步！

2006.12

慢活

中国人有句话叫“慢工出细活”，很多时却被懒人们用来逃避懒散的指责。虽然慢工不一定能出细货，但要出细货却真的非慢工不可。慢虽是相对快速而言，但也包括着逐步臻至完美之意，所以，慢，在当下的社会里虽是不可原谅的生活态度；不过，要真正地体味生活，有时真是非要慢一点不可，相信这也是现在有人提倡“慢速生活”、“慢食主义”的原因。

说到“慢速生活”，让我想到电单车。不知道今日的电单车游行成事否？在对电单车的管制政策方面，特区政府倒真是个另类慢速主义者，10 月 1 号实行新交通法，但如何疏导大量充塞街巷的电单车却还是一筹莫展。如此慢两拍，只可说是不负责任的疏懒做法。

电单车可以说是小城里最便捷的交通工具。若论方便，相信它最能回应快捷的要求，这是交通工具的发明主因。若论舒适，它却排在末位，夏天晒下雨淋，驾驶者若跟在巴士后面，还被迫要当吸尘机。可小城里的人还是对它不离不弃，有人说若果要禁用电单车，分分钟有可能引发暴动，可以想见普及之广，使用率之高。

以澳门地域之细小，禁用电单车并非不可以，但我认为必须有两个大前提首先成立。一是必须有完善快捷的公共交通网络。譬如香港有完善的地下铁路网、有廿四小时巴士接载服务市民，法例亦禁止电单车载人，软硬件配合下，电单车在香港并不构成什么社会交通问题。二是容许居民改以单车作为代步工具。这本来是响应环保的改革，但这需要重新对城市道路作适当规划；否则，以澳门街的道路现状，无论单车是在人行道上或是在行车道上走，都会酿成更多交通问题及事故。

对澳门来说，禁用电单车并不能改变现在的交通壅塞、泊车位不足、废气污染等诸多问题；但对澳门人来说，改善空气质素、提高道路使用效率等等，都是提高生活质素的问题。

2007.6.1

慢一点又何妨

在澳门街，私家车与电单车的数量大致旗鼓相当，有人提议禁行电单车，却从不听见有说禁私家车的。曾有提议说限制私家车买卖，不过马上被特首否决了，理由是不能阻止人家享受经济好转的成果。然则，侵占了无车阶级享受清新空气及道路畅顺的权利，又该如何说法呢？

身为绵羊仔一族，我想说的是，每天在道路上喷上大量废气的首推那些体形庞大的旧巴士。同是喷出废气，以质以量算，都算不到电单车头上去。若全程跟在车后，舔舔嘴唇，担保沙子蹭得牙齿咯咯响。

另一个启人疑窦的问题是：即使禁行电单车，就可减轻道路负担、减轻塞车情形？我宁可相信是因为塞车越来越严重，才导致越来越多人使用电单车罢了。禁行电单车，塞车却不能解决，那么又是谁在侵占道路的使用权？唯有叹一句：有钱大晒！因为不是很多居民都有钱买私家车代步的！

说到底，电单车引致的官民矛盾无非就是没有把车子泊在合法车位罢了，八万个电单车位总比八万个私家车位要容易解决得多吧？而当中所牵涉的居民人数及生计问题，真不是一比一就可算得清的。

类似的两难问题亦可以应否使用冷气机来比喻一下。譬如，我是比较耐得住热的人，从前当房间两面单边时，可以整个夏天也不曾开过冷气。不过，当现在房间面对的是封闭的天井位，当邻居的冷气机轰隆隆地一齐工作时，流通到我的房间的便只是令我无法“心静自然凉”的热浪、废气和噪音了。因此之故，现在我常被迫要开冷气，有理由相信，当全澳门的冷气机都“废了”的时候，空气会清新凉快得多。

假如发起禁开冷气运动，我会举手赞成；假如马路只准巴士及脚踏单车行走，我会举脚赞成；假如为了保有城市的历史印记，因而少建几座赌场及豪宅，我会举手举脚赞成。为了有真正的高质素生活空间，澳门人，慢一点又何妨！

2007.6.8

咸水草

过两天就是端午节，与周末的父亲节隔开两天，真是皆大欢喜。多了一天假期，也多了一个借口让老老少少饭聚去也，让酒楼老板直说功德无量。

做生意的总希望日日打开门都客似云来，不过，就算日日系假期，又有多少人家可以日日上高楼？酒肉穿肠过，终不及清茶淡饭令人心安。

日昨看到《祝君健康》版介绍粽子，强调不要用尼龙绳之类化纤物扎粽子，因为在高温焓粽的过程中，尼龙绳会变异释出有毒化学物质渗入粽内，造成“毒粽”；内地更曾因此造成多人食粽而中毒的事件。

我们常说要跟上时代步伐，瞧，当时代“进化”到唔用咸水草而扔下一个尼龙绳球给我们的时候，我们却因还未炼就一副钢牙胶肠肚而“中毒”身亡。那么，我们发明那么多化合物是进步了还是退步了？越来越多的化合物充斥这个世界的世代是进步了还是退步了？从咸水草跳到尼龙绳扎粽不过十来年间的事，到底在时间长河中也不过一粒微尘之距，进退之间，真令人头痕。

所以，难怪当下越来越多澳门人嚷嚷说怀念以前的平静生活，老实说，套用一句老话：衣不如新，人不如旧。进步的同时总难免尽如人意，正如在快餐经济的当下，我们同样也要付出高价换回有机饮食。究其实，使用咸水草与尼龙绳与否的决定因素，恐怕就差那么几文钱而已。

若果能以几文钱换番条命仔，相信大家都会毫不迟疑地死扯住这条咸水草。不过，恐怕到时又会有人声大夹恶咁质问酒楼部长：“点解一条咸水草收咁贵呀！”

咸水草贵，是有道理的。试想想：当今中国有哪一块水清沙幼、田原风味的好地不是都用了作房地产发展？留给你用作种咸水草，哪有不贵之理！唔贵就冇天理至真！

贵都未算可怕，最怕的是流过那块水田的水竟是挟带着上游化工厂排出来的有毒废料，冇心冇肺的咸水草一头栽倒在这些在日光映照下显得灯红酒绿一般迷幻的水世界里狂吸“营养”，那才真是惨得无从说起呢！

2007.6.18

退潮

7月的喷水池前地，回复年前的模样，三三五五的游客，进出于烈日下及冷气间。既不是从前的零零落落，也不是早前的熙来攘往，这一下，该可让那些天天嚷嚷着嫌澳门太多游客的人心凉了吧。

澳门太多游客了吗？若以一个旅游城市来衡量，澳门远未算太多人。以邻近的珠海、深圳旅游点看，那才是真正摩肩接踵；以北京的故宫来比，参观的人流几乎覆盖了广场的地面，假若澳门的赌场和世遗点有这样的人气，澳门人无忧矣。

假若关心社会、熟悉社区，身为澳门人，当会在生活范围区内如鱼得水。活在澳门这么细小的地方，即使要每天穿梭喷水池的人从返工返学，亦不过是五分钟的路程而已；一间餐厅满座了，总有另一间在你左右，吃一顿饭而已，跟游客争位实在不是明智之举；说到住嘛，似乎目前游客还未至于“进占”到平民生活区，楚河汉界，影响毕竟有限。

因此，稍多一点游客即大喊救命，毫不客气讲句，真是“寿星公吊颈嫌命长”了。当年经济一沉不起之时，楼价低到贴地，莫说年轻人买不起楼，就算有钱人也是手里紧攥着钱却不敢买楼，谁知道澳门何时才会翻生？到现时经济起飞了，却又嫌人多又嫌楼贵。假设人多楼不贵，相信无屋者要买屋更是遥遥无期了吧！

不知道嫌澳门太挤迫的人现在都到了哪处桃花源里去了，

在我来说，澳门无论游客多少，都是好事情，凡事总会有起有落，只要像香港股市那样，能大涨小回，就皆大欢喜不过了。事实上，以澳门现在百分之三点几的失业率，几乎全民皆就业，亦是时候回回气，让老板点点数、让员工清吓大假、回炉做吓培训；否则，每个员工的精气都被吸干吸净时，到下一浪高潮来临，澳门人还有能力再上一个台阶吗？

2007.7.8

单车道

7月底到广州一转，无意中坐上一辆公交车，在广州的东区游了个多钟头的车河，无意中也大开了眼界。

想分享的，是途经东风东路时看到的高架桥下的风光。广州近年交通挤塞情况改善不少，有赖纵横交错如蛛网的高架桥。廿年前，广州已出现了高架桥，不过比较低矮，桥下的空间往往用作货仓，甚至只是一片泥泞地，成了小摊贩及露宿者的天堂，亦成了城市里一面丑陋的镜子。

如今让我看到的高架桥下，是一片片好风光。印象最佳的是高架桥下成了单车道！

高架桥越建越高，桥下的空间越来越多，若以惯性思维，除了与马路相交的路段必须留空，其余的都是无法再作道路使用，若封闭起来，在城市景观上阻碍视线，美化亦有难度；若让空间开放，亦带来人群聚集、管理困难的难题，成为城市藏污纳垢之处。

城市要发展，建设者也应同步成长。若城市管理建设者有创新思维、前瞻目光，那么，人与城市间的成长就可以同步互动了。当高架桥越建越阔，桥下空间越来越多时，我们来个反向思维，让桥上桥下都成为可利用空间时，既解决了剩余空间的使用管理问题，亦让空间得到充分而合理的利用。东风东路的高架桥柱采用拱式立柱，横向的两条支柱间有宽阔的通道，每个柱段之间栽上鱼尾葵等大型绿化植物，与行车路区隔；这段可容两辆单车并行的通道就成为了一条独立而安全、舒畅的城中单车道了。

偶遇的这道风景线，让我想到了有关澳门建轻轨的一些争议。假若建轻轨事在必行、假若轻轨霸占了澳门最优美的海岸线、假若澳门可以建一条观光单车道，这条观光单车道可不可以就建在轻轨之下？或许建单车道会比一条扁扁的桩柱多占了些许路面，或许预算费会因铺靓个地面而增加些少，但，假若澳门人多了一条道路使用，游客多了一种观光方式的选择，我们的城市多了一道环保而美丽的风景线，何乐而不为呢?!

2007.8.19

步行区

十多年前，我曾经做过一件不算十分傻的傻事，就是从西湾沿着南湾大马路、荷兰园、高士德、提督大马路步行至关闸，看看到底要走多久。结果，从澳门的“南极”到“北极”只不过走了半个多钟！可见澳门有多大！或者当时年轻一点，现在应该找不回这个速度，不过，澳门半岛是个小小城，却是不假。随便在香港选条大马路，都可以走餐死；但读者愿意在香港走还是在澳门走，又是另一个话题了。

作为商业城市来看，澳门当然未合格；作为一个旅游城市，澳门却又令人走得比香港舒服。香港商业大道比比皆是，可紧迫得令人窒息，看得令人气馁，没有一丝喘气的空间。澳门街道虽然窄，但每条街各有特色，走得令人舒服。逛街，最怕就是那份挤迫感，比上班还要辛苦，何苦来哉！

那么，把澳门内城区建成一个以步行为主要观光形式的城市，又是否行得通？按面积及距离计算，应属可行。譬如我们游云南丽江，你会否蠢到坐在旅游车上走马观花一掠而过？随便走几个钟头都不觉累的吧。“小有小的精致”，是历来澳门人卖花赞花香的说法，假如澳门的每一条旧街小巷都朝着精致的方向修护，让每条街都有自己的特色，都让游客流连漫步，那么，整个旧城区就可以成为一个大景点，一个大步行区，一个无须旅游巴川流不息的城区了。那么，我们亦无须再为旅游巴该停在哪里、该建多几座停车场而争论不休了，空气也更清新、对世遗建筑物的腐蚀亦可减轻，交通的压力相应得到减低，从而形成良性循环，这种情形就如同我们到丽江旅行的感受一样。

点对点、车到门口的旅游团模式，是最低层次的游行消费模式，只是养肥了个别无良商人，但带来的交通挤塞、空气污染等诸多不良后果却由整个澳门社会承担，我们何苦再为该在哪里多建停车场而伤神！

2007.8.24

唔赌

身为澳门人，自问对龙头产业无所贡献——我说的是我从不参赌。刚移居澳门那年，老爸要带我到赌场见识一下，我用换了五十元银仔摇了一轮老虎机，老爸则因为输了数百元，中午那一餐我们只有叉烧饭食。这令我很不屑，几百元都可以双手奉送给赌台，偏偏自家女儿只得一碟叉烧送饭。这并非我心目中合格的父母形象，自此对赌场心生厌恶。

近日有新娱乐度假村开张，一班同事放工后相约凑下热闹。戏肉当然系参观赌场。我挑了一部玩法比较简单的角子机坐下，看见那张纸币“嗖”一声就被扯进了机内，拉都拉不回。这才知道即使唔玩，亦不能指望那只“老虎”会吐回那张钱了，无论玩剩多少钱，它只会很不甘心地慢慢吐出现金券。现金券也罢了，只要走过那天阔地阔的娱乐场，还是可以换回钱的。不过，相信绝大多数人都不能走到尽头换回现钱的了。

我试着把一元的现金券放在“老虎”嘴边，它也毫不犹豫地吞了进去。于是，游戏开始，很白痴地乱按了三数次键后，一元竟然变成了十元！这结果令大家十分兴奋，几个头凑在一起围看，确认无误后，竟对这十元的去留有不同意见。我当然不会为这十元而去走那长长的路，二话不说，按下了钮键。这一下，结果为零！这止是我想要的结局。

赌博令人着迷之处，是它在未揭盅之前，谁都不知道输多少赢多少。正如上述的一元在一按之间增长了十倍，在赌仔心中，一定懊恼为什么不放多些筹码，不过，接着的结果归零，就不会有赌仔去想多一层的了，譬如人的记忆，总是记住好的抹去坏的，这也是赌博害人至深之处。

我之所以不赌，除了听过看过不少因赌成害的事例，亦总觉得赌仔的命运总是操纵在别人手上，这种感觉令我难受。即使人们也说股坛如赌场，但我会毫不犹豫地一句话就把几万元买回一张纸，因为，买哪家公司股票、买多少，总会经过深思熟虑，有迹可循。赌博？太低智了吧。

2007.8.29

爱国之火

对于大马，您有多熟悉？对许多港澳居民来说，那是附带一游的地方——反正到了新加坡了，不妨到大马转一转吧而已。对于笔者来说，大马是一个陌生而神秘的地方，一如盛传中的“降头”一样。

但在马来西亚庆祝立国五十周年的时刻，我站在吉隆坡的街头，亲身感受到大马人民的热情、善良、文明而开放的一面。

满街满巷挂满的大马国旗，跟街头拥挤的人群一样，紧贴着你的目光所到之处。这面日月争辉国旗有时以长方形出现在人群手上挥舞，有时以剪角彩旗的形式高高挂在外墙上（我很疑惑：国旗都可以剪？）；特别为建国五十周年而设计的彩旗更是充满了欢欣动感和民族色彩，配合“马来西亚，以你为傲”的国庆口号，以保守见称的大马人以奔放的热情包容人们以各种形式表达对国家的热爱。

如果一个国家能让人民从心底里自发地喊出“以你为傲”的呼声，那么这个国家即便穷，也还是大有希望的。如果一个民族努力维护本身的传统而又不抗拒现代化的脚步，那么这个民族即便是少数民族，亦能傲立世界民族之林。

同行的一名老记者告诉我，这些铺天盖地的国旗都是商铺和居民自发悬挂的。这令我感到很惭愧，我还从未想到过在国庆的日子里为自己国家的国庆挂起过一面国旗。在港澳，或者会有人说，有这个命令吗？有这个需要吗？但，爱自己的国家、表达对国家的热爱，还需要问有需要吗？还需要别人来命令吗？

可惜，生活在当下的我们，或许曾被爱国的狂热高温之火灼痛，现在热情已然冷却；或许年少无知，就连在每天详尽新闻节目前听一遍国歌也嫌不耐烦。看到大马人民在庆典晚会上喊至声嘶力竭地高呼“马来西亚！独立万岁！”那份毫无保留的热爱，身为中国人，我们实在应该感到惭愧；面对他们，我怀有无比的感动和尊敬。

（大马行·一）

2007.9.9

电子匙

马来西亚的道路基建令我惊讶，因为实在很好，比诸中国香港及内地大城市，一点也不逊色。

大约在十年前，马来西亚的高等级公路及高速公路已四通八达，基建技术及队伍在世界基建界中声誉甚好。某日，我们走过一条乡村公路，却跟我在珠三角看到的“国道”毫无异致，而两旁的绿化带本身就是热带原始雨林，只不过没有被破坏而已。而首都高速公路的中间分隔带就如公园的西式园艺一样，真是赏心悦目；更重要的是，养护得十年如一日般新净。

从一条公路，亦可从一个侧面看到一个国家的发达程度的，包括国家建设及国民素质。

大马部分高速公路甚至为车辆装备电子匙。简单来说，走高速公路当然要缴费，但车辆可以选择一笔过预缴费用，然后获发一个电子显示器，如一条我们常见的私家车防盗匙一般大小。当已预费车辆距离高速公路收费站还有数百米时，就可以像我们在马路对面开车门一样，单击电子匙，收费站就会自动为车辆提早打开闸门，让车辆无须减速就可以顺利通过。

这种电子收费模式所应用的科技，在我们周边很常见，但如此运用，恕我孤陋寡闻，暂时还未听到别处有出现。当然，它也不是什么大新闻，只是，我想说的是，马来西亚并非如我想象的落后，甚至有些方面更可列入先进行列；而且，从一条收费“电子匙”，已可看到那种“以人为本”的建设和管理的理念。

电子高科技在每个发展中及发达国家都不乏运用，但是用于军用还是民用？用于赚钱还是便民？用于尖端项目还是用于基建？都可体现出这个国家的真正先进程度及管治理念。

（大马行·二）

2007.9.16

珍重权力

欧文龙案开审，看来来日方长，事关这名十五巴仙司长在庭上面对法官罗列的证据，来个什么都不知道，死口唔认罪。

看电视剧，警察拉人时，总会弹出一句：唔系是必要你讲，但你所讲一切都将成为呈堂证供。这句话似乎提醒嫌犯慎言，但也体现了法律对人权的维护，其实同时也保障了警察在提取口供时的公平性和可信性；所以，它是同时保护双方的利益的。

欧文龙死唔认罪，亦唔等于就可以脱罪，因为绝大多数的贼系唔会主动认罪的。审案首重证据，如果人证、物证俱全，法官肯定会判定犯人有罪。所以，欧文龙有罪，庶几已成事实。

我们不是法律，不可以私下判定谁人有罪；但我们有公民权，可以监督特区政府、官员、公共机构等的运作，确保社会资源不被滥用、官员不能弄权徇私、公共机构不可“黑箱”运作，一个“相对地公义”的社会方能实现。

虽则公义容不下“相对地”执行，但人总是会犯错，包括特区政府、官员、公共机构在执行政策、服务社会的过程中也有可能出错。所以公平公正也是相对而非绝对而言。有些错误是可以原谅的，例如本意为民服务却不够全面或不够公平，等等，都是可以及时并马上修正的；有些错误是不可原谅的，例如徇私及贪渎，即使数量如何之少，也是对职位及权力的污辱，都应严禁并予追究。

平民百姓本来手里是没有什么权力的，不过，“大象无形”，最大的权力恰恰就在身为社会公民的我们手上。对于政策不公，我们有立法会、有议员进行监督；对于弄权，我们的特区政府设有行政投诉部门；对于贪污，我们有独立于权力机关之外的廉政公署；对于无力服务市民的官员，我们握有手上珍贵的投票权。

公开、公平、公正的社会，距离我们既近，也远。一切的一切，端看我们是否能好好地珍惜与运用我们手中所掌握的权力而已。

2007.11.11

与别不同

越来越觉得，澳门是个充满传统智慧的地方，旅游局推广旅游的口号“澳门就是与别不同！”——到底有什么不同？是太多归纳不了还是没有特色？你到来看看就知道！

是的，澳门就是与别不同！

这里没有香港那种事事不落人后的竞争心态。同是致力发展旅游业，当别人几年前已骚出个彩龙标志，什么动感之都、活力之都、购物天堂源源不断推出的时候，澳门人还是可以耐住性子“静观其变”。

这里也没有深圳那种大胆革新的进取心态。廿多年前，深圳还是一片村镇滩涂，现在已无愧“大都会”称号。刚去过深圳的同事说，站在市区街头，感觉要比澳门干净得多、舒畅得多。在这廿多年里，澳门的改变有多大？再过廿年，澳门的变化又会有多大？

这里更没有珠海那种早着先鞭的城市建设规划。早在数年前，珠海已获联合国颁予十大“最宜人居城市”荣誉；商业区、工业区、居住区、休闲区、开发区井井有条，“花园城市”不是浪得虚名。而澳门，本有“海上明珠”、“微型而精致的海上盆景”美誉，可惜早已跟随葡国人脚步渐行渐远矣。再过几年，当环绕澳门海岸线的轻轨建成后，本来是海滨城市的澳门，可能更像一个光怪陆离的赌场怪兽游乐园吧？

是的，澳门人学得最到家的就是“以不变应万变”。所以，澳门人才有了四百多年历史的“世遗”；当最具历史的妈阁庙竟沦落为乡党僧徒的利益争斗牺牲品，更有理由相信，那些沿袭数百年的澳门“世遗文化”还会继续存在下去。所以，特首也这样教导我们：“任何坏事同时也是好事，任何坏事长远也会变成好事，这是一个逻辑。”

看！澳门就是这样的与别不同！

2007.11.19

做好本份

曾经收过一个网友寄来的短片，大意是说，如果看到自己没有能成为一个优秀的人的天分，那就安安心心地做好自己应做的分内事；若果人生中每件事都能有良好表现，总合起来，那就是一个优秀的人生了。

我非常认同这个说法。即使天才，在有些方面也表现如白痴；即使多么出类拔萃的人，总也有力不从心的时候。若果每件事也表现良好，那也是很努力的结果了。所以，邻埠特首一句“做好呢份工”真可成为经典名句。

“做好呢份工”不易，更难为的是知道明了自己份工什么是该做的、什么是不该做的。否则，就是做了也吃力不讨好，甚至做多错多。

刚过去的一个星期，立法会硝烟滚滚，有上演二堂训子苦口婆心的，有示范不甘示弱以牙还牙的，还有看着别人红了眼学癫狗吠的。总之是身在其位不知其责的多，只难为了几位做过功课准备了一箩箩问题追着相关官员发炮的民选议员，痛心疾首的样子反而让人觉得他们好似去错了开会的地方。

大家似乎都奋身投入角色中，只不过，仅局限于此种一年一次要交功课的质询大会而已。不过，七情上面并不等于投入角色，唐宋元明清的GDP乃至名人金句出齐，但澳门的生活质素与经济增长是否同步？那才是关心民生的议员应最为关心的事情。天花乱坠、抛下书包、游下花园就等于交足功课？恐怕广大市民不会认同。司长说这数年间特区政府推出了百多项服务改革措施，可惜市民没有看到而已。是的，假若特区政府这百多项举措不是成效不彰，甚至踵事增繁、高高在上的议员与“受惠”的老百姓不可能一点感受都没有。毕竟，议事堂的功能不只是一年一度“坐堂审案”而已。

还是长老一声断喝说得好：拿咁高人工，竟一问三不知，点做呢份工！

“做好呢份工”不易为也，若都能各安其位，做好分内事，那就是一个和谐、安定、繁荣的良好社会了。

2007.11.25

澳门得与失

特区政府说将会很快建两条人行天桥接驳氹仔居民点至某大赌场，同时，关闸一带亦将大兴土木改建道路网，以疏导日见增多的赌场“发财车”。看来，澳门这个大地盘还将继续尘土飞扬下去。

目前的澳门，无可奈何地让赌业一枝独秀，连带城市建设都是以赌场为先，以赌场为恶。一说要建赌场，新口岸两个难得的市肺公园就以前所未有那么快的速度消失了；历经多年才用垃圾堆成了个小潭山公园，转眼间，青笼翠秀的大潭山却被削走了一大幅用以兴建赌场老板的豪宅；数年前还是一片原始秀色的黑沙涯岸，不知日后还能找得着否？

为了赌业，究竟澳门人作出了多大的牺牲？现在定论未免太早，假若能只以金钱衡定，澳门单以税率论就已亏了。就取邻近地区名正言顺开赌的马来西亚来说吧。四十年前，大马批出全国唯一一个赌牌给华人林梧桐，并把一片荒无人烟的云顶高原划了给他开赌场。此后，林梧桐就在这片高原上开山劈石，建成了现在大马最大的乐游原。

虽然林氏获承诺得到的是大马唯一一个赌牌，但他要负担的是百分之四十的年赌税，而且要负起整个云顶高原的基建更是工程浩大，所费不菲；因为有了云顶，亦带动了大马整个国家的旅游业，其贡献又岂止于表面赌税所收！

谁都知道这三数年间氹仔面貌天翻地覆，这些城建费用由谁埋单？我们堆填了大量的海岸、建好了道路网、做齐了赌业大亨们所要求的诸多要求，难道就等着他们领了赌牌后马上转手获利？然后又嚷嚷着要减赌税、要基建配套……当日常出行的公共交通亦被发财车所侵占，除了从赌场大鳄的嘴角边得到一点余沫外，我们还得到了什么？

然而，点算澳门人的账面上，已然失去了最可宝贵的宁静优美居游环境、曾是全球最多黑脸琵鹭栖息的湿地、恬适自如的心境，等等等等。当大鳄们饱食远飙，澳门还将剩下什么？

2008.4.13

天上掉下五千元

今年的暑假，我应该可以实现到法国旅行的心愿了——除了假期还没有着落之外——因为到了 6 月或 7 月，我就可以领到特区政府派的“糖”——五千大元了。虽然还是未够全部费用，但基本上够付那来回机票了吧。去法国，可是我好多年的心愿啊，真要多谢特区政府助我一臂之力呢。

早上听电台“烽烟”，越听越好笑，天下间竟有如此多嫌钱腥的人；越听越奇怪，澳门人是否开骂上了瘾？有人贪赃枉法固然让大家都骂得痛快，照顾弱势社群亦有人骂点解我冇份；到依家人人有份永不落空，又有人骂分身家好肉痛。不知有多少人骂完之后唔收钱或者捐晒去做慈善？

以往特区政府拿多少个十亿派钱都好似唔关大部分澳门人的事——这是好事，证明澳门街是福地，多数人生活安稳。不过，总有人思疑：“我对澳门社会没有贡献吗？”“点解特区政府好像忘记了我们？”因此之故，今次派钱，我以为特区政府应该每人派够一万大元！大概特区政府为此要多花三十亿吧，那又如何？澳门特区政府正经历前所未有的经济发达期，几难得有足够财政盈余可以派钱，多花三几十亿亦未至于伤筋动骨的地步，又何妨做得更大方更漂亮一点！

这样说，从花钱的心理角度来看，是大有道理的。想想看，五千元，在当下物价高涨的年月，能抵得了多少通胀猛虎？有理由相信东拉西扯之下五千元很快消失于无形，到底还是益了商家赌场。一万元，那就很不一样了，一家人集合起来有三数万之数，数年前几乎可以用作买个小单位的首期了，于是，大家都会隆而重之地讨论如何恰当地运用这笔钱——尽管这未必是特区政府派钱的原意，但起码这个大馅饼可让大家有段时间慢慢消化；在忙于咀嚼的期间，让我们一齐好好反思一下，属于澳门人的财富，该如何好好运用？

2008.4.27

五千元不够用

提过我想用特区政府派的五千大元去法国，马上被同事笑我有话揾话讲。的确是这样的，若我执着于非要去法国一趟不可的话，老早已去了回来了，相对于那最少三两万元的旅费，五千元又算得了什么？

问题是，假如去法国旅行是我人生一大目标的话，难道我会坐等这五千元吗？又有谁会预知特区政府一定会派这笔钱？又有谁可以向特区政府说只派五千元不足以让我完成这趟旅行，请再补足余下金额吧！所以，人人有份的意外花红，请袋袋平安，三呼万岁，然后静心等待不知什么时候的下一次吧。人生目标，到底必须靠自己达成。

1993至1996年港澳建造业高峰期间，某些行业工人日薪逾千，风光一时；十年下来，经济由盛转衰，不少打工仔亦由壮年步入年老力衰，即使现在市道转旺，但已盛时不再，甚至被劳力市场淘汰。本来，人望高处水向低流，是很自然的，但十年人事几番新，若再以最高峰为评量收入标杆，并把不达标的原因归咎于特区政府无能，那未免太过天真兼贪得无厌。情形一如今次派五千元都有人嫌不够，下次再派五千元，大家的惊喜度应该没有第一次那么高；再派第三次，可能更会有人破口大骂怎么不设为固定派发的了。

是的，以特区政府现有财力，可以派得更多；以五千元衡量物价，再多五千都嫌不足。问题是，任何一个政府都不可能是“包到底”政府：不可能投资一百万到澳门包生男丁，不可能儿女长成包送间屋包结婚，不可能包一世有工做兼以收到最高标准人工，不可能包派综援供养残障父母兼半打仔女……能做到的，那不是政府，那是天堂。唯一能做到以上要求的，只有自己！否则，我们做父母的，何以身教儿女要勤读书多学艺？何以体现天行健君子自强不息？

五千元真的不可能彻底解决问题，特区政府要做的，是要创造公平竞争的环境、制造更上一个台阶的机会；而机会，永远都一闪即逝，看我们有没有能力抓住而已。

2008.5.3

等待好日子

越看越觉得我们特首笑眯眯的样子真像圣诞老人！这不，过完新年后，小城人人会再收到一封新春大利市，特首保证人人有份，且不会少于五千大元。更开心的是，今回竟然再没有听到一句反对的声音，不知道上次派钱的时候，那些反对的人，他那五千元捐了给谁呢？

今年中政府宣布派钱后，本地及邻近地区学者一片赞赏之声，早已证明了小城政府的英明神武。际此人心惶惶时期，再多派一粒糖又何妨。

我从来都不是反对派钱的人，既不是第一次收到政府派的钱，希望以后也还会收到政府派的钱。一如公司赚到钱的话，谁会介意多派一份花红？

早在差不多廿年前，我还在内地生活的时候，乡下早已掀起卖田卖地分花红的热潮。本来种桑养鱼的农地，通通填平了，租的租卖的卖，用了去建厂房搞加工业。养惯鱼的粗人做五金工一样的够气够力，饲惯蚕的巧手做制衣女工一样的灵活，除了每天赚取一份工薪，每年年末还会从乡政府处按人头收到一份农地出租的花红，真是何其乐也！

我一连气收到过三年的地租花红，每年大约千多元，数额不等，视乎当年租地收入而定，从村长至刚出生的小孩，一视同仁都一样的多。那时真有点共产主义的感觉，亦没有觉得有何不妥之处。因为土地是公家的，收入当然也是大家共有的了。至于那块地是用来做什么用途的，只要不是做伤天害理的事，大家也都不会去过问了，大家都明白，那些土地即使分到每家每户耕作，收入亦不会很多，耕田也很辛苦的呢！

只是我没有想到，过了十多年后，澳门也是走当年乡下人走过的路，所不同的，是那些地不过是租了出去建赌场或者做产值更高的服务业而已。既如此，澳门人为什么不敢分不敢拿这些地租花红？牺牲了土地这个生命之源，本意就是希望生活过得好一点而已。

2008.11.23

隔篱饭镬香

一年一度的美食节已在一个礼拜前曲终人散了，之所以现在才挑出来说，不过是碍于所谓好客之道，怕有些话不中听，让别人看了不舒服，心里带着一根刺回家就不太好。但按键之际，想到又会多少人看到这篇小文？不免哂笑自作多情了。

今年的美食节因为有了台湾名号渡海而来助阵，因而吸引力大增。有识食识煮之人倡议当局明年大力扶助本地民间小食到美食节摆档，一来发扬光大一下本地饮食文化，二来为本土濒临失传的美食续一线香火。

我以为这真是有识之议。澳门本土美食琳琅满目，外地游客除非有识途老马带引，否则巷深人难至，多好的东西也是养在深闺人未识。即如冷糕、红豆糕、红豆饼、金钱饼、龙须糖等街头小食，虽已是一脉仅传，但亦非本地人皆尽晓的。拿到美食节上扬一扬，虽不至惊为天人，但也是毫不逊色的。

人人争尝台湾食物，大概也带有点隔篱饭镬香的贪新鲜心态，是可以理解的。那晚逛美食节，看到贵为五星级的老爷饭店，亦不过是卖满台湾都有的凤梨酥时已觉得交行货。顶级豪华饭店点可以没有自家出品？单单一家葡京酒店饼房的牛油曲奇已可轻易把它压下去了。

一路巡食下去，“度小月”的面不及咏藜园的，但汤底加海带够鲜美、两粒铁蛋有风味，算是不负盛名；不老庄药膳香肠吃不出特别之处，隔邻档的和果子边做边卖倒还吸引人；杨哥杨嫂粽最具乡村风味了——我想说是简单无奇，三十元四小只怎吃也觉不值。最不值的是档主态度——我先是瞄下那一大锑盆酱油，见到有些干葱丝，不免好奇地问：“酱油里还有些什么？”那位似是杨哥的人大概做得较累，回我一句：“我们的酱油一直都是这样子，不想吃就不要吃！”

我到底还是吃了，以后一定不想再吃。希望澳门的食店千万不要以为名气是可以长盛不衰的；经过今年的打擂台，应该更增我们的士气之余，明年以更多美食回馈捧场客的支持，这才是待客之道。

2008.11.30

如无人的小城

当我最初到澳门游玩的时候，我惊讶于她的美丽。倒不是什么异国情调之类的想法，因为当年我也未去过哪处异国他乡，当时的澳门就是他乡。当然，当时更从未想到过日后这里竟成了我的第二故乡。

当年的澳门，小巧而雅洁，连马路上走着的甲虫车，玲珑的车身与规整的马路、悦目的颜色与红白黄相间的建筑物，都配合得那么的自然而和谐。就好像小时候玩的城堡积木，悦目而恰巧，闲适而幽静。

较令我感到奇怪的，是当时这么一个悠闲的城市，人们似乎并不大喜欢散步，清晨及黄昏这两个内地人习惯晨运及饭后散步的时间，人迹稀少。当然，后来住下了，我才知道澳门的清晨时分，大部分的人都沉浸在黑甜梦香中；而黄昏，正是赌场里每天的黄金时光。而我，每天散步在海边上，没有现在摩肩接踵的人流，爱怎么走就怎么走。又或者，跃上南湾的石堤，慢悠悠地走一圈，然后又重新再开始。海风吹过来，有点水泠泠，禁不住大叫了一声，四顾无人，然后又继续走下去。

早上西湾的晨光、午后南湾的夕阳，照拂得行人有点儿灵魂出窍。下午三四点，游走在小三巴的旧城墙下，阳光斜斜地穿过五层唐楼顶，在石墙上划分出阴阳两色的境界。我站在这道斜阳线上，眯缝着眼，手心触到了粗粝的岩石，街上没有人，空气中没有风，而我的脖子上也没有飘逸的纱巾，只有一种莫名其妙的触动。仿佛，一切都在虚空中，包括脑海。

然而，这一切都很快地随着自由行脚步的杂沓声而渐行渐远。

澳门是否一个宜于怀旧的城市呢？我想，是的，但那只限于赌权开放以前，美式赌场当未进驻澳门以前。是否开放即代表否定一切颠覆一切？是否经济增长与保留城市旧貌水火不相容？如果，旧城区与新赌场是最多自由行脚步聚集的地方，那么，当中应该给澳门未来的城市建设有启迪之处。

（我爱澳门·一）

2009.3.15

似曾经过的人和事

大约在澳门回归前的两三年，某个傍晚，我开电单车经过商业学校旁的马路，刚好亮红灯，我刹停了车，刚巧停在斑马线的边上。一名站在路边的土生男子突然一个箭步跨出斑马线——伸出手把我的车头一推，我与儿子就连人带车倒了在地上。

这土生男子正想迈步走，却被旁边的行人喝止了。不过，他不肯认错，认为“老子要过马路，谁叫她的车停在斑马线上？”那骄横的姿态叫人气结。周围的司机都叫我报警，我检查过与儿子都只有轻微擦伤（庆幸当时是红灯，后面没有车碾过来），又因为赶去听音乐会，于是摆摆手作罢。

其实，以当年的统治阶层的“尊严”重于居民人权的现实环境，报警不过是浪费时间；时隔十多年，当年那些这么骄横的人和事，如今似乎已销声匿迹，似乎未曾发生过。

然而，即使现在的澳门标榜是多么和谐共融的城市，这件事却一直成为我心上一块疤。庆幸，这么多年来，类此的事情，我只遇到过一次。

澳门是一个移民城市，小城的人对此并没有刻意避讳，又或者对新移民有特别严重的歧视之事发生，只因为绝大部分的人基本上都是同根同文。既如此，旧与新之间，摩擦与融合之间，不免多了几分宽容、体谅或者迎合、谦卑。而远航至此的，亦因为无须再摆出统治者的姿态，反而真正地渐渐地融入成为小城里的一分子。

而我觉得，更重要的是，当有长居于此的心，就必须要有了解和热爱这块半岛之地的情。

在我刚到澳门的头三个月，因为未有正式的身份证，母亲抛给我一袋零钱，让我“周游列岛”。我曾试过从南湾步行到关闸，只为体验“澳门半岛到底有多大”某个感性的认知；当我在九澳村被狗的吠叫吓住了脚步的时候，我讶异于澳门竟还有比我的乡下更有乡村风情的地方。这一切一切，都让我更快地融入了这个小城。以后，当我进入职场时，因为我对澳门的熟悉，从来没有人疑惑过我是一个初来甫到的新移民。

（我爱澳门·二）

2009.3.22

夜行无忌的小城

生活在南方滨海地区的人们，大约都会有经历台风的经验，往往，在飓风来临的时候，居住在风眼中心的人，是感觉不到什么疾风呼啸的，一切的表面似乎都风平浪静得很，只是，因为气压很低，大家都觉得翳闷得很而已。

十年前，正当澳门回归的前夕，小城的氛围一如飓风压境时的风眼中心，平静的表象下，是巨大的漩涡和黑流。“不识庐山真面目，只缘身在此山中”的，有小城之外的广大观众，他们天天看着大三巴牌坊矗立在电视的右上角，成为“黑帮罪恶”的代名词，他们直觉认为行走在小城的街上是那么的不太平。另一些处之泰然的人，如我，是置身其中，却不识社会真面目的人。

澳门的好，是因为她的小，就好像小时候生活的乡村小镇，抬头不见低头见的左邻右里，扯起来都是世伯叔婶，所以，大家都有一种守望相助的精神，社会也因而显得太平无事。据说，十来年前的澳门，鸡鸣狗盗之辈不多，来来去去就是三五数个；相比要绞尽脑汁入屋，他们说倒不如去赌场“捞烂脚”更省时省力。澳门街的太平，是否还要多谢赌场的存在不得而知，但在以往，若果一幢大厦有一户人家刚好是当警察的话，那就等于请到了门神坐镇差不多了。这是一种心照不宣的默契，一种长期形成的不怒而威，可惜，这种威风到了现在却是由自己逐渐毁弃。

所以，澳门最初显得可爱的另一个重要元素是她是一块太平之地。甚至在深宵有人在司警大门旁扔炸弹掷玻璃樽之时，我照样形单影只大摇大摆走过来行过去，而丝毫感受不到山雨欲来的追胁。

一如往事只能回味，夜行无忌的美好时光如今也只能回味。

（我爱澳门·三）

2009.4.5

两个极端可以共存

大概在十年前吧，兴之所致，我参加了一个有关摄影的讲座，讲者是本澳一名年轻摄影家。摄影家在讲座上展示的是一幅幅澳门旧街道、市井生活、沧桑老人的照片。照片当然拍得很好，从采光、色彩、构图，等等。不过，在互动环节，我问，为什么澳门有很多新区街道新建筑你不去拍，偏偏要拍这些残残旧旧的东西？当时座上顿然静了下来。我有点尴尬，似乎问了一个很没有水平的问题——那的确是一个很没有水平的问题，我后来才明白的——我用眼角环视四周，有人表现不屑的样子，但也有同样想知道答案的表情；讲者似乎有点恼火，但也不知道该如何回答我的问题（抑或不想回答？不得而知），最后，他以一句“只是我喜欢！”避开我的疑问。我知道艺术家都有点脾气的，因此以后即使再见到他也不敢问下去。

现在，我当然知道了这个“为什么”——随着我的阅读面渐广、对澳门的感情日深。那些日渐消失中、满布沧桑岁月风尘的旧澳门，在我们的眼里、在我们的记忆中，却是越来越鲜活、越来越可爱了。

是的，无可否认，人总不能活在记忆里。赌权的开放、经济的发展，让澳门一跃而成为举世知名的城市，让澳门人不必高学历具才能也能有份不俗收入，一扫十多年的经济低迷，甚至政府有能力塞钱入居民口袋帮补生活。谁能说现在的澳门不好？那真是违心的说话。

然而，现在的好，就必须要建立在摧毁过去一切的基础上吗？一夜之间暴富的儿子，难道就能与往昔穷小子的过去一刀两断？难道就与衣着老土的老妈纯朴憨厚的老爸势难与共？澳门的可爱，某个角度就在于它的宽容，所有的一个形态的两个极端，在这里却几百年共融共存；面对古老的世遗，为什么我们就不能好好保存那让我们赖以枝繁叶茂的根，并好好欣赏那几百年虬结盘缠的美态呢？

（我爱澳门·四）

2009.4.12

如酒浓醇的人情味

年来，澳门凭空又多了不在少数的“幽灵人”——这些人以前不在澳门住，今后也基本不会在澳门生活，只因他们拥有一纸澳门出世纸，只因澳门政府已连续两年派钱，如蚁附膻，不少香港人纷纷补领了一纸澳门居民身份证。

急急过海重做澳门人，也没有什么不对，因为既不违法犯罪，特区政府亦没有条文规禁，足见澳门人有一个多么宽宏大量的特区政府。让我联想到古时的大家族，拥良田收厚租，年末大派利钱，人人有份；就连远游在外的疏堂子侄，只要叩个响头，一样照派如仪。族长自有其道理：都是血脉连枝，自己人，不要计较那么多嘛！

只是，为何澳门人过香港，凭空却要当半个外国人看待，诸般限制？

对比香港人的势利，益觉澳门人的可爱。

澳门的可爱，在许多人眼中，是人情味浓。

有游客问路，基本上都会得到答复，只要你听得懂或会说对方明白的语言；要走过车水马龙的马路，行人基本上都会得到优先礼让，只要你预早示意或司机不是个习惯在内地横冲直撞的大爷。初来甫到的新移民，希望找到安稳的生活并不太难，只要你尽快融入本地的生活方式及装备好自己。澳门是小朋友的天堂，除了由幼稚园至读高中全免费，只要愿意读大学，特区政府也可为你预支学费。澳门是退休人士的乐园，有太多的社团安排了数不清的活动诚邀阁下参与，更希望阁下不时撑下场当下布景板。

假若阁下所从事的工作是需要对外联络的话，奉劝阁下多点参与社团活动，澳门人会十分热情欢迎你。须知道，在澳门，没有熟人关系的话，要完美地办好一件大事的话（有时小事也一样），简直寸步难行，四处碰壁。有了相熟的人，只要按章程法规递进所需一切文件，打过招呼，事情就会循序渐进地进行，丝毫不会脱离你的预算。

其实，只要不违法，不以人情营私舞弊，只要一切都在公平、公正、公开的原则之下进行，人情味浓真是非常可爱的好事情。

（我爱澳门·五）

2009.4.19

浓浓街市情

有时听游客说到澳门旅游没有什么可看，我想，若是真正的旅人或真正想了解澳门的人，有多少人特别到澳门的街市看看？没有看过的话，那是一种损失。游街市，是典型的“深度游”之一。

说起澳门的街市，一点都不失礼。除却每区的街市各有特色外，当中有几家新旧不同的街市，还是著名设计师的手笔，当中以红街市为典型。不过，我最喜欢的还是旧的下环街市，除了它是澳门著名建筑师陈焜培的杰作之一，更重要的是它体现了一个平民街市所有的元素。

下环街市实在颠覆了初到澳门之时的我在内地逛街市的旧有观念，因为它的明亮干净、摊档配置合理、海鲜种类繁多，亦因为喜欢它的浓得化不开的情味。

街市口那档手拉肠粉，十多年了都是五文一份，咸酱甜酱麻酱任点；做肠粉的阿伯好有性格，每日开档两个钟，永远会记得你放下几多个五文银的。上石级前一定要与六指阿姐打个招呼，否则佢会讲:“阿妹，做工做到失晒魂呀！”然后我就会八卦到当日街市有什么新鲜事儿，有时候我真宁愿由后门入街市。安叔卖了几十年猪肉，告诉他几人分量什么用途，买几多买乜肉就由安叔话事，结果搞到我到现在都唔知道边瓣肉是什么肉，唉！仲有卖鱼的九哥、卖菜的红姐……我真的很想念他们，因为在临时街市都再找不到他们的影子了。

若果你去过香港的赤柱街市，再游氹仔警局对面旧街市的话，一定很有似曾相识的感觉，不过，我当然是认为氹仔旧街市更有 feel，无论从建筑历史、设计风格及旅游价值等诸多方面来看，一点也不逊色于市内其他任何建筑物。不过，听说它可能也逃不过被拆毁重建的命运，因为它老了旧了破了，官员怕搞出人命，所以宁愿它“冇命”。

其实，这个世界上有什么东西是会长生不老的呢？若靠自然地生存的话，恐怕没有，但若果我们加速它的死亡，那我们就是罪人啰；又或者，眼睁睁地看着它死在我们手上而不去挽救，那我们就是历史的刽子手啰。

（我爱澳门 · 六）

2009.4.26

衣食足知荣辱

清明，返乡下，与旧友谈起各自发展。说到近日新闻有谓：内地平均一万人中就有一名千万富豪，我不禁咋舌，当奇闻就教旧友，她轻描淡写说，有何奇哉？若有胆色、有关系，何人不是千万富豪？

细味她的一句“有胆色有关系”，几可概括内地三十年改革路上起落浮沉的大大小小风云人物。“有胆色”乃内在因素，大大小小贪官，哪个不是“明知山有虎偏向虎山行”的胆大包天之人？“有关系”乃外在因素，罗织一张关系网，似是内地很多一夜暴富者的写照。

如今想来早已是万亿身家的陈兆基，身居高位不在话下，更兼是粤曲发烧友、著名书法家，风流自赏，真个有胆有色有关系。多年来，陈罗织了一张通天网，却偏偏利用为作奸犯科的保护伞；令人哭笑不得的是，据说他不惜撒出千万元，希望把自己打造为全国书法家协会主席，当中是否也造就了几个百万富翁？如今一朝身为网中人，只有曲中一句“富贵于我如浮云”差可拟了，良可浩叹。

澳门特区的政府官员，若身居高位，十年的高官当下来，也都差不多是千万身家了，“衣食足而知荣辱”，内地的贪官下场恰可成为借镜。澳门虽小，千万身家的人数比例应与内地相若，但似只可划为小康，富豪则远未说得上。有一点与内地富豪发迹史有别的是，本地人绝大部分都是靠双手勤劳致富，这也是澳门令我觉得可爱之处。大多数人虽然生活平淡，发达无望，却明白有才能总有机会发挥，辛勤劳动可以赚来安乐茶饭；那就无须冒险求财，贪婪惹祸了。

君子爱财，却须取之有道。正当渠道无法致富，于是偷摸拐骗成风，贪污腐败横行。浑水能摸鱼，何时海晏河清？香港用了廿年光景，希望澳门和内地能走得更快更好。

（我爱澳门·七）

2009.5.3

凭谁定对错

情，凭谁定对错？对小城的感情也一样。不过，由于我们活在一个两元不对话的年代里，所以，有关小城的对与错，都是由不得我们说的；有关小城的爱与恨，我们都是身不由己的。

源于我的一直怀疑自己的文章只有自己看，所以一直只管在文章里自说自话。我说“我爱澳门”，可能有人嗤之以鼻，但这都是些清心直说的话，虽然有点越说越无力之感，但不妨碍我对小城的爱。正如爱一个人，必然要爱他的全部，优点与缺点并存包容。在真假难辨的年代里，真话可能比假话更难接受。正如我们一直生活在这里，难道我们对小城一点喜爱之情都没有吗？这比赤裸裸说“我爱”更难令我接受。我同样相信，长久以来，那些一直对小城左挑右剔的人，其实都不过缘于爱之深恨之切的一份恨铁不成钢之情。

我爱澳门，因为我的下半生要在这里度过。但我不接受我要长久地生活在一个自己不喜欢的地方，所以，我努力地发掘它的一切的好。而小城的好，并不是由某个人或某些人去“唱”出来的，而是由所有喜欢它的人热爱它的共同建设出来的。若果，我们都是那么迷醉于昔日闲静优雅的小城，为什么我们现在却放弃保卫它的美好建设它的美好的权利和义务？

我爱澳门，它有一万个好，它有一万个坏。当我初来甫到时，我只看到它昔日幽雅美好的表面，当你现在初来甫到时，你同样可以看到它繁华妙曼的外表；然而，当我们随着对小城的了解日深，我们亦会发现到它复杂迷乱的内里。我们与小城，会可能因了解而分开，也可以因了解而更爱对方。与情人分手难，与生于斯长于斯的地方分离，更难！缘此，与其痛苦地朝夕相对，倒不如努力发现它的好，更好地爱它；亦努力地解决它的坏，让大家都活得更好。

（我爱澳门·十）

2009.5.24

很垃圾的问题

每天都会经过大炮台斜巷，那是一条很风光旖旎的街道。路的上半端，单行线的车道上，车辆只能一辆跟着一辆地从大炮顶呼啸而下，谁也不敢越雷池半步抢线而行；道路的两旁，是比最繁忙的白马行行人道还要宽敞的步道，左边行色匆匆的过客拖着沉重的行李箱撑爬高过头顶的长命斜，右边的游客摇着纸扇拾级而上寻觅大炮台影踪。路的下半端，左边的葡国领事馆花树摇曳，透过铁围栏敞开胸怀的花园笑对右边星光书店那一长堵灰头灰脸的门墙；两棵经常被风暴和利剪摧残的小树，与马路顶端那株巍然屹立的老榕树遥相呼应着；川流不息的人与车，总让人感受到城市的气息和脉动。

然而，更能让游客感受到“澳门就是与别不同”的，莫过于街口那两座巨型垃圾桶了——它以其无其不有的内涵、其丑不堪的外观、臭气薰天的气味、轰之不散的拾荒者、格格不入的形象，为这条斜路增添“可观之处”。大概，游历经验丰富的游人，看到这对垃圾桶，会否可马上联想到内地偏僻农村村口那口粪池？

这条大斜巷基本上什么都不缺，可惜就那对垃圾桶怎样看都不对位。或者，当局是有意为之，留着它，以彰显凡事都不会有十全十美？

在澳门街，凡事都要相对而言。什么都不缺的街上，偏偏就缺个解决垃圾的办法；在一条不足三百米、人口稀少游客罕至、什么都缺的“聚龙通津”街上，偏偏就密集了三座漂亮的垃圾房。再多举一例“多余”的“垃圾问题”：看似十分注重环保、游客密集区和大型屋苑都有放置的“垃圾分类箱”，近日却有居民投诉“得个样”——因为此垃圾分类箱虽表面有三个入口，但内笼原来并无分格，即使大家将不同的垃圾分类并放进箱内，结果都是不同的垃圾只会重新堆在一起。

澳门本土终于都出现了新型流感疫症，马上有黑色幽默出来说“澳门终于与国际接轨了”！但在街上走一圈，你总可以发现，未与国际接轨的东西还有很多，真替澳门可惜！

2009.6.25

美食节可成品牌

早前有一项民意调查，指八成的澳门人赞成保留每年进行大赛车活动，以作为一项澳门盛事。令我感兴趣的是，不赞成的两成人，缘何原因？

大赛车前前后后的个来月时间里，的确是为一些路段的交通带来些许不方便，凡事不会十全十美，一如不能强求大家百分百赞成保留大赛车活动一样。我们在行人道上慢慢走欣赏风景的时候，或者也会妨碍了匆匆赶路的人呢？澳门这个小城，若果在呼呼寒风中，没有了大赛车的炽热火花和赛车女郎的惹火身影，会是多么的单调呢！再想深一层，若澳门只有赌场，能吸引更多的游客吗？没有活动，没有游客，没有车辆，是没有了出行不便，但很多人却也不会嫌烦了——因为没有工开也。

澳门另一项令大家投入度越来越高的活动，就是每年 11 月的南湾湖美食节了。

我专挑了星期一放工后去，以为比较清静一点。但出乎意料地，还是有点像往届周末人齐的样子，证明了美食节的魅力无法挡。

听从钟秋生的指引，先逛逛台湾美食区。因为我不吃牛肉，所以没法尝到老董牛肉面的美味，但看到了以往南翔小笼包大排长龙的盛况。来到豪大大炸鸡扒的档口前，隔远已闻到了一股五香粉的浓香，一块大大的鸡扒，光看看已饱了八成，但我希望能有胃纳多试试其他东西，结果还是凑不上这个热闹。

鸡扒档只卖炸鸡扒和台湾传统冷饮爱玉冰，一热一凉，一脆一滑，是绝妙配搭，也显见档主心思，成功不是没有道理的。

大马美食区相对显得冷落，也许初试啼声，似乎还未掌握到什么是卖点。我试了一个肉骨茶，这是大马名菜，没有秘方，只有独家配方，受欢迎与否，美食节倒真是一个试练场。我又买了一樽豆蔻茶，酸酸甜甜中有一股豆蔻的淡香，儿子却也接受这种“阿婆药油”的味道，唔，原来我们以为老土的东西，从未接触过的年轻人却很有新鲜感呢，真是凡事没有绝对。

2009.11.29

美食节可培养品牌

美食节一圈转下来，发觉还是强龙不敌地头虫。强敌压境，澳门的大师傅不敢懈怠，除了骚出自家出品外，还在用料、制作、品种上下了不少苦心，不然的话，三二十外地摊档如何撑得起半个月的美食节？

美食档位的设计也成了一个擂台阵，暗暗较劲，赢出摊位设计奖的话，奖金还在其次，老板脸上有光最重要呀。日前看到美食节的主持人指明年将更加“搞大佢”，是否可以把摊位设计独立成一项赛事？既可试练本地设计师的身手，亦可让美食节招牌增添文化气息。所谓产业多元化，这算不算其中一种形式？

今年美食节上，见到了“康华美食”，就是做姜撞奶的那一档。跟很多澳门人只认路不认街牌的习惯一样，多数人只会说“就系康公庙左近的那档啰！”但究竟叫什么店名却不甚了了。大只佬老板却说自第二届美食节已经参与的了，但你有冇印象？

那晚，老板阿妈三几下手势，就“撞”出了一碗香滑姜撞奶。两匙糖，甜度刚刚好；姜汁只有清香，没有辣喉；水牛奶滑如豆花，香浓更胜豆花。十五元一碗，是真正的平民美食。可惜，他们放在档内最不起眼的地方来做！若果在档口最起眼的地方摆开架势，重点推介，即做即卖，怕且亦会形成另一条人龙吧！

这情况亦一如很多街头美食，只有识途老马才懂觅芳踪；若然老板懂得一两下做骚的招式，那就当然搞到排队的打晒蛇饼了。不然的话，几好的美食，都是养在深闺少人识了。要推介本地美食，美食节的主持人是否可帮帮这些档位想想出位好点子？

不过，凡事有例外，亦有不喜欢做到死吓死吓的。邻埠有个美食节目到访本地一家老面店后，最爱排队的游客于是乎每日在店外头岳岳眼碌碌做人龙，搞到老板娘周身唔自在不在话下，最惨的还是每日做到气咳！结果关起门来长休一个月，实行下另类逐客令。

我也是很欣赏这种店子和老板的，不知今年新登米芝莲的祥记会否如此收科？

2009.12.6

十载风雨同路

今日，是澳门回归祖国怀抱十周年的大喜日子！

澳门，从中国大陆开向南海的一枝吉祥的白莲花。它与祖国既不是一衣带水的地理关系，也不是唇齿相依的经济关系，更不是剑拔弩张的政治关系。四百多年来，在澳葡政府管治下，澳门与内地却一直保持着紧密而依赖性强的社会关系。有祖国才有澳门，一直是澳门人的共识，“爱国爱澳”绝不是近年跟风的政治口号，它一直是澳门绝大部分华人居民的优良传统。香港回归时，滂沱大雨中，解放军悄然进驻，香港人默然注目；澳门回归时，晴天丽日下，解放军昂首步过关闸，澳门人空群而出热烈欢呼。回归时刻，此心此情，天人同鉴。

回归了，却接连遭遇金融危机后的经济大萧条及SARS疫情的窘困，连续四年，澳门经济总值都是负增长，澳门人开始思考自己的前路。2002年，澳门开放赌权，从此，澳门人为自己向世界打开了一扇窗，世界向澳门打开了一道金光炫目的门。

有人说，澳门人执到了一支好筹；有人说，澳门经济从此驶上快车道；有人说，澳门社会从此走上了不归路；有人说，澳门只用了数年时间完成了别人廿年才做成的事。说得对也好错也好，千万不要忘记，伟大的祖国一直是澳门成功背后的坚强后盾——除了祖国，有谁肯助在SARS中绝望心灰的澳门人一臂之力？没有祖国，开放赌权后的澳门治安谁来担保？没有祖国人民，澳门旅游娱乐业如何遍地开花、经济年年双位数高增长？回归十载，澳门与其他地区一样，走过许许多多风风雨雨，但庆幸，有一只强有力的手始终在带引着我们，渡过一个又一个的难关——那就是我们的祖国！

处身小城巨变的这个大漩涡之中，我们是否仍能清醒地谨守本分？抑或不由自主地被巨流挟裹？十年回眸，精彩的与气馁的、困难的与胜利的，风雨同路的每一个时刻，澳门人与澳门一同度过，祖国与澳门一起度过。

2009.12.20

流光逝影

走过澳门街，不知道大家有否一种日渐日远之感？

围绕郑家大屋修复与利用、茨林围及周边环境的拆与留、香港永利街的忽然保育，澳门街如何在新一轮经济大潮中维护所余无几的旧区旧貌的疑惑，又再次摆在了澳门人面前。

历史，有时真的不能都只化作故纸堆。一个城市，保存良好、脉络清晰的人文历史，一定是以有时序的人、事、物作呈现的。所以，什么是该留下来，该如何育下去，并不是以经济利益作唯一考虑的；正如有识者所言，文化并非是经济产业。

不过，世事有时总是事与愿违，百年老铺固然凤毛麟角，连几十年的旧地标恐怕亦买少见少。新马路就是典型的“日新月异”改变中的范本。

走访永大丝绸行，几位行年七老八十的老人家，几十年不变的老格局，游人眼中的怀旧店铺，就连随季节年月常新的衣料，也仿如几十年前的斑斓绮丽。作为澳门曾经有过的辉煌年代的见证者，如今也走到了岁月的尽头，“永大”，只不过一个良好的愿望而已。

当澳门经济一潭死水的时候，我们只觉得那一列列几十年同一副面孔的老铺子是那么的陈腐不堪；然而，当身边一切惊天动地巨变着的时候，孤零零地厕身于门面宽敞、灯火辉煌的时尚店铺之间的老铺子，却又让我们的怀旧恋物情意得到了一个宣泄的出口。

按潮流思维，“永大”究竟应否列入城市保育行列？无论如何，它都足够资格做历史的见证。然而，谁来负起保育的责任？是几位老人家？做了几十年，该是享享清福的时候了，还要他们每天站十个八个钟，即使是摆摆样子也够累的，不要那么残忍罢；一间旧铺子，当初几十万买回来，守了几十年，养活了几家几代人，现在以一千几百万卖出去，怎么看都是成功的投资，冇理由唔畀别人卖阻人发达吧？环看全世界，就连最高级的手做女装品牌都趋向成衣化，依附于买少见少的老裁缝的丝绸店，又何以为继传承下去？唉！

2010.3.21

无辜的黑暗（一）

澳门官员苦口婆心地替澳门人未来四年忧郁，因为往后数年本地将有一系列基建陆续展开，官员预料未来四年将会是澳门人交通出行的“黑暗期”，因而奉劝未来日子大家要少开车、多行路、增耐性、好好地忍受。

听落又的确系几“黑暗”。试想想，若未来四年大家每天都在钻机声震天、灰尘仆仆中过日子，人与家都灰头土脸的，成什么样子嘛！日后南太平洋上空如果有沙尘暴飘浮，该否把澳门列为元凶之一？更何况澳门还是个旅游城市，还说要发展赌场以外的多元旅游，若游人寸步难行的，除了龟缩赌场，还指望人家如何到处走走？几年之后，新加城的赌城完美建成，真个是搵阿茂来游澳门了。

如果黑暗之后等来的是光明，那还是值得等待的美事。不过，观乎官员所描述的基建，更多的似是一个大翻修工程，没有什么环保基建、无烟出行、城市规划之类的愿景。那么，居民为什么要为特区政府创造就业及工作业绩之类的官样文章牺牲四年的美好时光？须知，澳门整个旧城区已经是一个成熟度非常高、居住人口密集的生活圈，更何况已列入世遗名单，任何大规模的地面重整重建皆非所宜，更可说是越旧越有味的。如今花数年乌烟瘴气搞重建，会否是另一个画蛇添足的笑话？

城市在发展，不断有基建与重整是必然之事，绝不可能花数年重整后就可一劳永逸、高枕无忧，那不过一厢情愿的想法。以往小范围的重整掘路常遭诟病为“头痛医头脚痛医脚”，那是因为特区政府没有规划与协调所致，如果今次没有完整的特别是高瞻远瞩的具环保概念的整体规划，那也不过是另一次大规模浪费公帑的工程行为而已。最惨的是，不单要澳门人埋单，还要澳门人承受“黑暗的”苦果，以成就新官上任三把火的“业绩报告”。

2010.4.11

无辜的黑暗（二）

既然重建势在必行，痛苦在所难免，那为什么不在痛苦过程中干脆摘除“毒瘤”，重生上路呢？

官员说：“按部就班地改变道路及居民的行车习惯，令人觉得搭巴士，比开私家车更快，是我们努力工作的目标。”

哈，在澳门搭巴士，什么时候会快过私家车了？更不要说开电单车。有人说澳门人被宠坏了，习惯乘车要点到点，连泊车也要泊在家门附近。我也觉得澳门人是有点太娇生惯养了，不过，出行方便正正是生活在澳门的优越之处呀！难道要像香港人每天花一两个钟头在上班的路上那样浪费时间和生命才算正常吗？那叫被迫和自虐！曾几何时，坐澳门巴士，是香港人及内地游客游澳门的首选交通工具，不过，自从有了“发财车”后，这种现象一去不返。

交通便捷是澳门的优点，正当优点在慢慢消失的时候，我们就要尽力补救了。如果能在重整补救、使之完善的同时落实环保交通措施，还我蓝天还我清风，那这“黑暗”过后，是真真正正地迎来曙光。

从前，当澳门街还很少私家车的时候，喷水池前地是可以自由行车的；后来，车辆渐多、喷水池景观重整后，喷水池前地反而不准行车了。没有人反对，因为行车危及行人安全、改为行人专区反而促进了周边商铺生意。可见，澳门并不是每一寸道路都非要行车不可的，更不是非要搭巴士不可的。

今次重整道路的目标，应该是“改变居民的出行习惯”，坐新建的轻轨固然可行，但踩单车也行呀，走路当然更好。在“黑暗期”里，身为澳门人，自当好好体验废气冲天的难受、走路比坐车更快的滋味，才会醒觉活在清新空气中的美好与难能可贵。

作为当政者，除了苦心婆心规劝澳门人要忍耐、要遵守的同时，更应开动智慧，为澳门城市的健康发展、为澳门人的环保出行创建有利条件。

2010.4.25

楼有价

当年我要买屋的时候，曾经有过很大的挣扎。因为当时的入息相对楼价，是蚊髀与牛髀的差距；加上当时政府有经屋可申请，只卖十万八万的经屋相对三四十万的私人楼，无疑极有吸引力。

但我尚差数年才符合居澳七年才能申请经屋的规定，亦实在无法忍受一家七口人挤在八百来呎单位里的挤迫，更不喜欢住在龙蛇混集的密集式经屋里，我害怕儿子上落电梯时会遇上手臂纹身的大汉，在后楼梯间瞥见面青唇白的白粉友，在安静吃饭的时候隔邻传来炒虾拆蟹的吵骂声。于是，我痛下决心买楼。当然，此后就是漫长而痛苦的供楼过程。

现在，当新经屋闹得热哄哄的时候，我惊觉，很多时候，就是差那么一点点，我与儿子总是与特区政府种种“派钱”福利失之交臂，有时看报纸时不免牢骚几句，不过，却从没有想过要去“骨水”一下。虽说这样做的大有人在，但若能自食其力，辛苦一些却是心底自豪。

据我多年采访所见，也有很多真正需要特区政府福利帮助渡难关的家庭，却往往无法得到实质的协助。明显的例子，是一些单亲妈妈带着子女租屋住，因为没有自置的居所，经常被迫迁，不太懂也没法循正常途径递资料申请各种福利和社屋。她们是整个社会中最“弱势”群体，特区政府的福利却无法惠泽到她们身上。相比那些想尽办法钻空子申请经屋、能力只够做地盘杂工，却嫌五百元人工“降呢”，摊大手板要综援的人，我想，“弱肉强食”的法则不单单适用于商业战场，面对特区政府摊出来分的那块肥猪肉，人们争抢的同时，又何尝有公义有同情心呢？

本澳高官近日的金句是“世界本来就不公平”。身为公仆，应该要做的是消灭社会分配的“不公”，却不应是制造不公平；身为有良知的公民，应该要做的是尽一己之力追求公义，而不应是争抢“不义”。无论多建经屋还是多建社屋，所动用的都是公共资源，都属于特区政府及全体居民所共有，所以，其使用权亦应为民共享，绝不应把公共资源流为私有财产。

楼，当然有价；政府楼，却是无价的，因为它是公共财产。

2010.7.11

与垃圾为邻

以前，我很喜欢澳门，其中一个原因是因为她的整洁与悠闲，不过，现在有很多人不再有这种想法，只要想想，最能代表这个城市正面形象的世遗建筑物旁边都满布垃圾、垃圾桶、垃圾房的话，这个城市的清洁度多么令人生疑！

全澳门“最明星”的垃圾桶，相信非白马行葡萄牙领事馆旁的垃圾桶莫属了。想想吧，在一条与书店相邻、前有历史建筑后有领事馆、人来熙往的十字街头，三座大型垃圾桶“傲然”屹立，每天以其蓬头垢面的不堪，为这个努力营造高贵形象的城市添上出其不意的一抹“重彩”。

事实上，我好憎这个垃圾桶。因为每天上班都要路过，眼前所有美好的景象都被这混乱的垃圾堆破坏，连领事馆那株大白兰树的浓烈芳香亦被掩盖。这是最可恶的事情，不知道川流不息的游人经过那里时有何感想？或者，他们是没有什么感觉的，因为他们只是偶尔路过而已。在他们眼里，一两只街头垃圾桶是绝对掩盖不了澳门是个大赌场的总体形象，若果不喜欢，就不再来好了。

一个垃圾桶，随时可以移动的垃圾桶，对城市形象的影响可大可小，然而，我们可以改变它吗？我找不到答案，这个垃圾桶已存在了很多年了，有理由相信它将继续屹立下去。

令我相信的理由，是因为近日发生的“世遗垃圾房”事件。当所有住在垃圾桶周边的居民一致地反对在某座世遗建筑物旁建个“经过美化的垃圾房”时，反倒是那些所谓“官”们，轻描淡写地说:“两害相较，取其轻者。”

明知是害，为什么还要取?!既然周边的居民都不介意多走百来米扔垃圾也不喜欢在世遗边上建垃圾房，为什么反而要坚持“总有一个垃圾房在你左右”？再怎么美化，它到底也是放垃圾的呀！更何况这垃圾房是建在四边都是车来车往的马路“孤岛”边，要扔垃圾，除了破坏世遗景观，还要冒着生命危险呢！这个“害”，怎说也不算轻！

我们要住在这里，每天要被迫接受这么矛盾而混乱的存在，然而，我们却不可以改变它，这到底是什么道理所在？有谁能说个明白?

2010.9.20

特权谁赋

国庆黄金周的最后一天，在微雨中步过喷水池。游人仍熙来攘往，雨中的澳门街其实甚有诗意，大大小小色彩缤纷的雨伞，以灰蒙蒙的天空为背景，有趣且有诗意地移动着，倘若不是行色匆匆的话，换一种悠闲的心情看这个行人购物区，世俗且充满了生趣。

因为手上没有雨伞，我走得有点狼狈而急速，正在小心翼翼之际，身后却有喇叭声催促。扭头一看，原来是大炮台脚下某校校巴，满载着小朋友，正经过行人专区返校路上。

校巴行进得较慢，有数名小学生透过车窗在眺望。坐在巴士上经过步行区，那毕竟不是可以经常拥有的经验。令我感到奇怪的是，为何学校会有此安排？

因为喷水池一带早已划为步行专区，非特许车辆不可以驶进及通过。校巴是特许车辆吗？或许是，否则这校巴何以驶过步行区？如果不是，只是因为雨天的关系而让老师作此安排，以教育角度看，我以为，这是让学生接受了一次非常糟糕的教育。

从路程及安全的角度看，其实，无论哪一个年级的学生，都应该完全有能力走过这段百来米的路程。何况，走进步行专区，安全性较高不在话下，更是让学生认识社区、接触新鲜事物、接受社会教育的绝佳机会。本澳大部分幼稚园都会特别安排让老师带小朋友到超市学习社会经验的课程，如今却“牺牲”

如此良好时机，那么我们就不要对小朋友有着对社会缺乏认知、冷漠，自律能力低……诸如此类的责备了。即使校巴有特许权，此举亦难免给学生造成“我们都可拥有特权”的不良示范。

如此不良示范，并非绝无仅有。较远的例子，是新闻局未搬离玫瑰堂侧的大楼时，常可见到主事者安详地坐在车子里驶过行人区。当然，最好的解释借口就是车库在大楼底层，然而，因着这个车位就可以成为“特权”的理由吗？

较常见的例子，是荷枪实弹的保安公司车辆驶过行人区，直达交收款项的商户门前。商业车辆是否可以拥有特权？那么，为本澳旅游业作出重大贡献的居民和游客，是否更应拥有为保护人身安全而不允许车辆随时随意驶进行人专区的权利？

2010.10.10

世遗的荒凉

到位于白鸽巢公园侧的东方基金会会址看全艺社的秋季沙龙展，甫进园，抬眼展望，秋光未老，恰是“苔痕上阶绿，草色入帘青”。

以往多是早上与孩子一同到游。昔日的印象或许太深，记忆中总是春光明媚的样子，甫进园处，左边的镂空铁栅栏与白鸽巢公园欲隔未隔，晨光斜射到那两三棵柳树上，在公园传来的隐约喧哗人声中，立即分隔出一个世外桃源的光景。柳树上挂着鸟笼，鸟声啾啁迎人，充满生气。右边的池塘边上，昔日多是布满着秋海棠，水中有金鱼悠游；红砖墁地，小草纷披，阶前一丛旅人蕉伸展宽广双臂。映入眼帘处，满目尽是春光春意。

依稀记得上次进园，时光已相隔大约五年了，如今的东方基金会会址被列入世遗建筑，却似乎像领了老人牌般，暮气沉沉。秋日的下午，一园清寂，没有鸟声，没有鱼声，青苔处处，了无生气。

我们这群参观者的到来，令空气顿时变得活泼而流动起来。

整幢建筑物与整个沙龙展都有颇堪欣赏之处，而且，这类不追求单纯参观人数的高质画展，与不能承受太多参观者的世遗建筑，恰可说是“门当户对”，所以也就“情投意合”，结合得相当自然了。

由此又再想到圣老楞佐堂。同是世遗建筑，要它与一个垃圾房相结合，是不是有点勉为其难，甚至是强人所难？冇错，一列垃圾桶一直以来也是停放在它的墙脚下，不过，两者再怎么看，都一直是独立的个体，从来没有人会觉得垃圾桶年深月久就会成为圣堂不可分割的一部分。如今要兴建的垃圾房虽然大部分体积都深埋进地下，外观上更是处心积虑地修饰美化，要令它看起来似与世遗建筑物“相融合”。

能被列入世遗，最重要体现的是其人文历史与艺术价值，与高雅的画展自有相近处；况且，画展是短期性的、结束后不留任何损毁的活动。而在世遗建筑物旁大兴土木建垃圾房，是长期性的损害性的不相容的人为破坏。

2010.10.17

世遗的热闹

幸与不幸都是相对的。澳门有大片的旧城区能基本完整地保存下来，不可否认其中重要因素是因为这数十年来经济的低迷与低度开发的管治方式；但当保留历史保护世遗成为现代人越来越清晰的思路，与城市经济的急剧发展相冲突时，“不幸”就不可避免地发生了。新建的高厦能不能遮挡灯塔的视线、圣堂之侧可否建垃圾房，都在小城里掀起“茶杯里的巨浪”。

有云“户枢不蠹，流水不腐”，多珍贵的建筑物，若不能让它继续在当下的生活中“活着”，反可能加速其消亡。毕竟，“世遗”即是历史的见证者，今日之生活痕迹，亦即他日之历史构成。然而，“世遗”毕竟往文化的层次上靠得紧些，真要论到经济效益，恐怕投入与产出不成比例。打个比方，若家中有个千千万万钱银买回来的真古董花瓶，也不过是只用它插几枝万年青罢了，能指望它日生出数只金蛋吗？

列入世遗之物，内地视之为会变钱的聚宝盆，若法力不再，是否会遭遇弃之如敝屣的命运？或未可知，但观乎世遗景点每逢节庆皆如“陆沉”的“盛况空前”局面，“可持续发展”几稀矣！

就像美国明那波里斯（Minneapolis）博物馆里的那张明代黄花梨交椅，每个参观者都希望能一亲芳泽，一个大胖子也要坐一坐，工作人员怕有歧视之嫌不敢拦阻。这一坐，那四百多年稳如泰山的椅子即时塌成平地。随后，博物馆聘请了很多专家给这把交椅会诊，重新修复；彻底修复后，重新展出，但是再不允许人坐了。

所谓物极必反，这张明交椅亦可算作另类个案。遗憾且可怕的是，有些人的心态却是“无论如何，我要赶在它塌毁、消失之前，坐它一坐”！多少珍贵的事物，就这样被加速消耗、销毁殆尽，而且不可能修复如初。

庆幸的是，大多数澳门人视“世遗”为珍贵的家传宝物，除了勤加养护，小心使用，还对外力的横加破坏奋力抗衡。如果可将之比作明代黄花梨交椅，那么，你可以容忍这美丽的古董椅子侧旁摆个漂亮的痰罐吗？

2010.10.24

世遗的再生

对于澳门旧城区成功申列为“世遗”，绝大部分澳门人的心态都是高兴的珍惜的爱护的，虽未至于像捡了个金筐箩，但庆幸能与“文化”多沾了边儿的喜悦倒应承认是有的。这种心态与内地某些地方急功近利的心态绝然不同，虽然这与经济水平有关，但也得承认与眼界相对开阔、人文素养稍好有关。

有了世遗，不屑于把它卖钱，但要好好地养护，却又是个“无底深潭”，这好比家中娶了个美娇娘，好看不中用。若是肯花钱的大户人家，那就算是金屋藏娇，每天光看着赏心悦目好了；若是殷实人家的作风，闲来绣花忙时奉茶，那也不算委屈了她。将世遗建筑物赋予新使命，卢家大屋可算是较成功的；在香港，更有很多迎头赶上超越澳门的好例子。

外国常有把受保护的古老建筑物以象征式的一元或极低价“年租”给有家底之人，首要条件当然是不可改动或损毁建筑物，而且要定期保养、维修或翻新。这笔费用当然不菲，一如港澳人所形容的“掟钱落咸水海”，不过，乐于当傻瓜的却不乏人。个中心态，当然不可以一语道尽，唯是异中求同的，都是对古老的传统的人文艺术的向往和爱护之情。

把世遗建筑物出租，由民间力量进行保育，目前在澳门，似是未能看到可行性，唯是发动民间力量进行监管和保护，却是必须的。只因历史是不可能再重复一遍的，所以，世遗是一笔无法以金钱衡量的人文财富，好好保护自是理所当然。只不过，世遗也是社会整体的一部分，社会不断在变化发展，赋予世遗有活力的保育，也就是赋予其新生命力。

但何谓恰当地利用？除了民间的建言献策，澳门相关部门聘请的专家、顾问实在责无旁贷。因为专家、顾问具有专业知识，而且见多识广，眼界当然比一般市民高瞻远瞩，所有与世遗相关联的市建方案若能首先向他们咨询完善，既是对专业权威的尊重，也可减省不必要的修改和拖延。

2010.10.31

饮食关乎文化

普通人家“开门七件事”，不离“柴米油盐酱醋茶”，虽然现在不用再烧柴煮饭，但那个年代的“隔篱饭镬香”，却是叫人怀念的风情。当然，诗人的“开门七件事”则是“琴棋书画诗酒花”，细思量如今不时飙升的物价，真个是主妇难做，诗人易当了。

圣人曾教导“君子远庖厨”，不过，当下社会现象却是越来越多文人投身做庖丁。文化是人文历史经年阅代的积淀，做诗人固然对文化积累有贡献，其实，做一名“厨房佬”亦未尝远离文化，“饮食文化”更是热辣辣的潮语。

说到“饮食”与“文化”，或曰不过攀附，然而没有实力亦是欲攀无从。昔日“厨房佬”的确大多是读书不成学做厨，其中不乏粗豪之辈，但观乎如今走出厅堂的大厨，比起一些文人更斯文更有涵养。更何况今时今日已有厨艺专科学院，从理论到技术，毕业后俨然专业人士；少数自我要求高的，更是能文能武，能做会写，令只能靠电脑搵食的我惭愧不已。

拿笔与拿镬铲当然是两回事，互有专长，若双剑合璧，却非一加一等于二那么简单了，说得“严重”点，就是关乎传统的保留、文化的传承了。民以食为天，传统味道的消失或保留，其实关乎地域文化的认同感，再扩大一些，就是身份的认同问题了。若果我们当下要寻求的是“澳门人”的身份特征、文化内涵，食物，何尝不是构成我们每天“活在我城”的一种生活和文化的认知元素？

即是之故，在澳门中厨协会倾力协助下，澳门日报出版社出版了《澳门名菜——怀旧篇》，这是澳门出版史上首度为本土饮食业出版书籍，冀以“怀旧”之名，保存一份本土人文历史足迹。

《澳门名菜——怀旧篇》于今日开幕的塔石艺文馆“秋季书香节”上作首发，并安排有名厨作美食讲座，书中的各位大厨亦到场作签售活动。阖府同游书展，既饱眼福，亦享口福，其乐何如！

2010.11.7

冇长进

美食节今年进入十周年，大打“环球美食，尽在澳门”的口号，据说为配合大赛车，更提早一个星期开幕。不过，天公似乎“唔嗅米气”，天气越来越温暖，勾不起一丝丝食欲。

终于在星期四的晚上，去了美食节趁趁热闹。

在星期四去，本意就是希望不要那么热闹，不想排队、不想等位、不想听到震耳欲聋的舞台声浪。

果然，一切如愿。进得场来，不挤也不火爆，下层的游戏场区更见稀落，十年来玩着差不多的游戏，闷煞大小朋友了吧！偌大的一个南湾湖广场，似乎就是为了一年一度的美食节而建。说浪费吧，若不是公帑所建，普通人也就无话可说；若以公帑运作，十年了，也该是时候检讨一下模式与成效了。人云“十年人事几番新”，但观乎摊位布置、设计环节、游戏表演，真个是“不变应万变”！

东南亚美食区最为冷清，一圈走来，只得三几款炒面、捞面与肉骨茶，大概目标只针对游客。本澳美食区做得较好的要算数目骤增的小型西餐厅，各有一两道独门引客招式，为美食节注入生气。退步了的，是各家大酒楼的摊位设计，姜山、酒桶、人形纸板、招牌美食、热腾腾镬气，全部失踪，不抬头看招牌，几乎分不出谁是谁。

新鲜感，不能说没有，河南美食区是新引进的，代替了往届的台湾美食，不过，台湾美食摊位前的火爆场面已不复见。

论品种丰富、论口味多元、论促销手段，高下立见，怪不得食客也。有家叫“煜丰”的有道“跳舞面”，左看右看摸不着头脑，好奇问档口的小伙子，他立马拿起一条宽面边拉扯边跳舞给我看，舞姿曼妙生趣，面条却未曾离身，果然精彩！即时吸引人们围拢过来，纷纷下单，奇怪的是，如此引客妙招，何以不见宣扬？

最大的改变，是周边的空置地盘一律放满荧光筒严禁泊车。绕行三匝，终于在遥遥对望的法院前觅得车位，然后走过两条马路，躲闪过两个路口的来车，方始入得场来。环顾周边，没有停车场、没有落客区、没有美食节专车，如此赶客，难道是十周年总结而来的迎宾之道？

2010.11.21

分类没回收

年卅晚那天，我提着一个洗衣液空胶瓶，从哪吒庙附近一直走到美丽街，都找不到一个分类回收箱，能够把那个空胶瓶安置妥当。

我习惯了每天中午上班前丢垃圾，并且把可以回收的东西顺路放置到公司旁横巷垃圾房前的分类回收箱里。但那天我没走旧路，走遍了三个原本以为有回收箱的地点，岂料却是回收箱的影儿都没有！

第一个点是葡萄牙领事馆后面的垃圾房，周边一大片都是民居，垃圾房旁边有不少空隙，却竟然不放回收箱！第二个点是白马行最“臭名昭著”的垃圾站，路过时细心看看，当可看到不少居民丢垃圾时有意识地把一些可分类回收的纸张、铝罐之类的摆在垃圾桶旁，好让拾荒者捡走，偏偏特区政府部门却没有意识到这一点。第三个地点是美丽街口，最多人（特别是年轻人）来往的所在。在我的记忆里，那里是存在过回收箱的，自那天之后，我每次路过时都下意识地看看那里，希望能看到回收箱的影踪，以证明我的记忆没有失准。然而，直至现在，我还是很失望。难道是我的潜意识作祟，认为那里应该设置回收箱，以至于产生幻觉？

在我们大大喊着要与国际接轨、环保分类回收已成国际城市环卫惯例的当下，在澳门几乎可说是人口最密集的地段，居民却找不到分类回收的设施，该是多么“落后”的事情！

特区政府的宣传告诉我们：身为地球人的一分子，响应环保、分类回收，人人有责。但请告诉我，居民作了分类的垃圾该如何处置？请不要告诉我，家居垃圾分类后也像“法例要求所有食肆通过运输公司运送厨余到焚化中心处理”那样，一把火烧了完事。

偌大的一个台北市，都可成功实行家居分类回收，小小的一个澳门，却连厨余回收也“寸步难行”。请问，我们的特区政府部门是否可以尝试行出第一步？

2011.2.27

公私不分

吴局长一句“我爱澳门”，牵动多少人的深情和热泪！

即便不是生于斯、长于斯，也有多少人与吴局长一样，深爱着这个小岛！可惜，人微言轻，眼看着小岛快将“陆沉”，也只能仰天长叹而已！

吴局长是艺术家、是性情中人，虽然身为官场中人，却能凭良知而行。或者有人担心会被官场批评“公私不分”，不过，说真话做实事，于私，问心无愧；于公，自有公论。

在大是大非面前，有人会“我爱澳门”，有人会“我爱澳门币”。豪宅与经屋，与澳门有关，与澳门币更有关系，所以，方会引起如斯激烈的争议。

不明白议事会为什么会在购买经屋的收入上下限及转售上打转？经屋由特区政府无偿批地、无偿建筑、低价卖出，在占用了大量的社会资源，假如不设限购买与转售，那与强制要求每一个澳门人从无形的口袋中掏钱建屋，然后让“已富起来”的极少数人再富起来、让少部分人“先富起来”有何差别？与“国有资产私有化”有何差别？那么，这少数“公私不分”的该是什么人？

豪宅与经屋，是地上与云端，不过，始终还是在澳门的天空下，故此，还是与每一个“你我”有关。

从龙环葡韵近眺红树林、黑脸琵鹭，大潭山假日远足、远眺水库和机场，都曾是我们的集体回忆，价值几何？当不久的日后，这两座山头都成为一幢幢耸入云端的豪宅的后花园，美景何价？又与我们何干？然而，如斯美景，曾于广大澳门人来说，是千真万确的无价又“无价”的啊！

青葱翠绿的山丘、蔚蓝而宽广的天际线、鸟语花香的空气、近在咫尺的远足乐、失而不可复得的土地资源，都是澳门人共同拥有的宝贵公共资源，没有人有权从我们手上贱买贱卖！

2011.6.5

澳门的山好好看了吗？

今年是众人公认的没有春天的一年，仿佛一夜之间，夏天就来了，以至我也忘了石榴花在夏天是要天天浇水的。结果，在干涸了四五天后，这棵不幸的石榴花凋萎了所有的叶子。

不幸是相对幸运而言的。去年在我细意照拂下几乎未开过花的茉莉花，在干旱多天后，才淋了两天的水，每个枝头迫不及待地都绽放了白白的小花蕾。这个礼拜的每个晚上，清芬盈室。

每个热爱生命的人，都会对大自然有一份莫名的亲近和喜爱之情，所以，梦想中的Dream House必包括一个大花园。不过，寸金尺土之下，几百呎的蜗居外，吊挂着个大花笼，笼边种几盆花花草草聊以自慰，就好似笼中的鸟，望着笼外，想象自己已拥有蓝天白云好了。

古人出游不便，早早就为这种自我安慰发明了一个词儿：卧游。会画画的更是自己动手，画幅大大的、长长的山水长卷，把自己到过的名山大川都融入其中，挂满书房四壁。静下心来的时候，面对着满川烟云，或坐或站或卧，细细游赏；看得出了神了，自笑自哭，神游物外。

正在台北故宫博物院展出的“山水合璧”《富春山居图》，据说就有这种魔力。对中国书画着魔的人，除却要到台北“朝圣”之外，据说还会到浙江桐庐一带实地印证，然后静心摹画、创作，方可称作深度游。

这么一幅历史名作，我当然是亟亟一观的。不过，老师训斥我是叶公好龙，原因有二：一是平日里不好好画画，练好基本功，整天花时间看这看那的，光看不动手，是为动口不动手派；二是放着澳门大好河山，不好好去看去画，任由别人填了平了，最后只好做神游派。

骂的也是！澳门曾几何时也有“海上盆景”之称，如今，这盆景上却几乎摆满了水泥楼台。那些小山、老树、曲径、渔翁，都到哪里去了？我们都仔细地看过了吗？牢牢地记在心上了吗？好好地看护着了吗？珍而重之地描画下来了吗？

2011.6.19

最环保的出行

深圳8月举行夏季大学生运动会期间，特区政府投资三百万元提供四百辆免费自行车为公众及游客服务。特区政府还表示大运会结束后，将结合环保绿道建设，统筹规划公共自行车系统，有望于年底在部分区域推广“环保绿色”出行。

若果在澳门实行“绿色出行”，建单车道用免费单车，会不会是天方夜谭？说到道路繁忙程度，澳门当不敢说繁密过深圳；说到融资问题，一个换汤不换药的公交方案已是近五十亿；掷一千几百万，对现在的澳门特区政府来说，相信建一条环岛单车径的资金当不成问题，澳门特区政府有的是钱呀！要说买几百辆单车更不是问题，深圳市中心区都能解决绿色单车出行的问题，澳门为什么就不能？

台湾是电单车生产和使用最发达的地区之一，日前看电视访问台湾机车生产厂商，表示对行业前景看好，因为依据测试及研究数据显示，私家车与电单车的废气排放量之比为十比一，故而台湾当局将继续推动电单车成为未来台湾人的主要交通工具。原因很简单，一辆私家车满载五人，但人均排废量还是电单车的两倍，何况电单车也可以载人或载物呢。

澳门的电单车虽多，但不及私家车增速惊人；新公巴营运后，第三家公巴的二百五十辆巴士主要行走在澳门半岛，道路焉能不更堵塞？大概这是除了傻佬不会想到、交通运输相关部门官员不敢想象的矛盾罢？

中午及黄昏的放学及下班时段，水坑尾和新马路望不到头的尽是大大小小不同颜色的巴士长龙，走避不及的私家车夹在中间无可奈何。左穿右插的电单车虽然也有动弹不得的时候，但毕竟还是能快人一步。

城际间距离最小的澳门街，电单车还是占尽交通优势的。而且，若特区政府严格执行十年车龄淘汰制的话，现行的四冲程电单车已是十分环保的机动车辆。可惜，特区政府把大部分泊车街位划给了泊车公司作生财工具，致令衍生太多电单车无位可泊而致乱泊的社会问题。

2011.8.21

何妨绿道优先

这两个星期，笔者每天上下班都乘搭公共巴士，皆因8月中在凌晨放工的路上出了车祸。现在除了过马路时心有余悸，日昨取回修理好的绵羊仔驶返家时，还是有点不太真实的感觉。

虽然被绵羊仔害得要入医院，但笔者仍不改初衷，认为澳门路少车多、街短巷窄，最环保的出行首选单车与电单车了。

小城很细小，所以交通及市民的出行问题，可谓“牵一发动全身”。旧区马路多以单向行车为主，若不塞车，真是“车如流水马如龙”；若出了交通意外，警员到场指挥私家车及电单车调头搵路走，亦是不难解决的事。但不少车主或旧区居民都可不时看到险象横生的场面：大巴士以横扫一切的气势开进窄窄的单行线，车身两旁不容半辆电单车甚至单车容身；若路旁有泊车且稍为超出白线位的话，那真正是进退两难了。其余的如日前有绿巴在途中出站时竟冇油开动，要劳动乘客及警员推车的怪诞场面，如何再侈谈“公交优先”？

我们不妨想象一下，在澳门的旧城区单行线马路上，如果只设立单车及公巴专线，该是如何美好的景象。短途出行的，大可踏着单车，在专设“绿道”上轻啸而行；因为道路上车辆大为减少，空气质素极大改善，踏单车上下班将是一件健康又愉快的事情。若行程较远的，当然选择坐巴士了；因为道路上没有了私家车及电单车，路面大为清静，巴士出入站会准时得多，乘客上落时亦会从容得多。

若行车畅顺有序，公巴自然成为居民出行首选，相信驾驶上下班电单车的需要自然大减；若配合特区政府严格执行验车及十年期淘汰的规定，路上的电单车减少是必然的预期。毕竟，大家心里都明白，那是一种高危的交通工具。

然而，私家车呢？噢，因为有钱才可以买车养车嘛！不是说“钱能解决的问题就不是问题”吗？就让车主们在买车前好好考虑好了，毕竟，道路是属于大多数人的嘛！

2011.9.4

你买了楼未

早不过五日前的香港新闻，说有个置业调查报告，指香港首次置业人士平均年龄为三十三岁，七成八人是靠自己及伴侣储首期，一成八靠家人协助；受访者平均要用五年来储首期，五成七人需时超过五年。

这个结果实在很正常。试想想，大学毕业时大概平均年龄是廿四岁吧，工作五六年后储到首期，买一个中小型单位，然后结婚、生仔。若十年后事业小有所成的话，又可以换个大单位，所谓“安居乐业”是也。生活道路平顺如此，想是大多数人的愿求了。

不过，调查又说，很多人希望特区政府帮他们买楼，哈哈！“点帮呢”似乎是“肉食者谋”之事；另一角度看，想来大多数人可能是希望特区政府帮手在大学毕业后送份工兼送间屋（的首期）了，又或者系买豪宅的首期吧。这样的美事，当然是最好不过，但香港特区政府总部日后可能要改名为黄大仙庙好了。而且相信有此一日到来之时，亦离实现共产主义社会不远矣！因为在共产主义社会里，人人可以“各取所需”，劳动只不过是“各尽所能”而已——不过，当很多事情摊大手板就有的时候，以当下的人文质素而言，谁还会“尽所能”？

调查报告又说，五成二人是通过储钱买楼，四成八人通过投资，当中七成一人靠买股票，三成一人买基金——原来，多数人还是会力尽所能地努力向目标进发，而且多数人也可以达成愿望。

还有，有更多理由支持笔者相信澳门年轻人的置业状况会比香港人稍轻松一点。不过，早几日前有个刚刚大学毕业的妹妹仔对我说，家里实在太挤了，好想买楼搬出来住。我说，好主意呀！有半年人工加埋向家人借十万八万，到年底应该有买到个四五百呎的小单位的首期了。但她苦着脸说，如果我买的是唐楼细单位，阿妈一定闹死我了——天！她一家六口住的正是五百多呎的经屋，阿妈凭什么要个女去买要有电梯的大单位的新楼?！我笑着说，那好呀，要么叫阿妈买畀你，要么等多十年吧——还要楼价不升只有人工升才可以呢！

2011.9.25

老吾老以及人之老

特首宣读施政报的翌日，去街市想买条廿元的冇头大鱼煲汤，但鱼档老板说：冇！成个小街市只得他一档卖塘鱼，话冇，就真系冇的了。

塘鱼档唔卖冇头大鱼，对我来说，是一个震撼。早年我家在扣除供楼款后，月薪可用于买餸钱的支出已不多也。于是，去街市用十元买一条冇头的大头鱼回家，鱼腩稍盐腌后煎香、鱼尾滚胜瓜汤、鱼脊拆骨后煲白粥，一日三餐就基本有着落了。

我问鱼档阿叔点解冇大鱼卖？佢一副阔佬懒睬你的模样。澳门人当真已到了无须食贱价鱼的有钱地步？那真个是如人饮水，冷暖自知了。

转过身，到菜档买菜，卖菜师奶与阿婆正说得高兴，因为敬老金又加了一千，养老金也调升至两千。阿婆说，特区政府派钱畀老人家好呀，先用了再讲，鬼知道有几长命呀！

我说，系呀，派晒那些钱畀老人家，冇人敢讲唔好呀，敬老养老嘛！第日到你个仔即系我呢一辈人就阴功啰，社保基金无以为继，个时摊大手板问边个要？你以为系特区政府派钱咩？先使子孙钱咋！

阿婆无言，良久问：咁我们谁养呀？我说，特区政府派的两千五加埋积蓄加埋仔女的孝敬家用，你仲唔够使咩？

难怪阿婆有几千元家用都嫌少，原来小街市鱼档都冇卖廿文一条的冇头大鱼了，也难怪！

由始至终，我不反对派钱，更不反对人人有份，这是必然的，取之于民，用之于民。但只派钱不做事，是最快博得掌声却最冇效益、最“有前冇后”的方式。

一元独大的博彩业，全澳门人付出的有形无形的代价，相信是一笔大得将要由子孙偿还的孽债，我们目前不过是得到一些甜头一点利息而已。在这笔长期债务到期偿还之前，还是好好做一些修桥补路的善行吧。

例如，来年把少派的人头一千元集中起来，在半岛及路氹建几座独立的老人中心、护老中心之类，应该够吧？把用于免费医疗券、免费进修的钱集中起来，重点培训现今奇缺的医护人手，让孩子们将来不必都因着高薪而投进赌场，让踏入老龄社会、发展休闲中心的澳门人都得到充分的照顾，好不好？

2011.11.20

愿马达声年年响起（一）

上周日，澳门第五十八届格兰披治大赛车结束了。之前一天，大迟到后返到公司，有同事悻悻然地说不如取消了它吧；之后的第三天，我看到了林玉凤小姐写的《谁谋杀了大赛车》。

谋杀，大多是因爱成恨或者是无缘无故的恨的结局。澳门人对大赛车的爱，从何而来？五十八年了，这爱，也情非泛泛了吧！然而，澳门人，与大赛车，实在是一年一度的两个世界里的两件事。

相信，大部分的澳门人从来看赛车都是在电视上吧？我们只看到飞闪的镜头，耳畔是几十年如一日的评论员絮絮而空洞的单调话语。所以，虽则格兰披治大赛车在澳门已有五十八年的历史，但真正到过现场感受那令人情绪沸腾的场面的澳门人，比例又有多少呢？澳门人大多习惯有免费赠券，而得到赠券的，又大多是年年同一伙人。于是，时至今日，面对网上疯炒至两万多元的入场券，澳门人更是望而却步了。

于是，近一个甲子了的“澳门盛事”，喜欢的，还是大不乏人为之疯狂；不喜欢的甚或冷感的，却是于我何干。

记得好像是2003年吧？游客还不是如今的那么人头涌涌的，朋友送我两张大赛车入场券，是水塘看台的。带着儿子顶着金绯色的秋阳，坐在水塘露天看台上，看了一个下午。那是与儿子第一次实地看大赛车，看到三级方程式的赛车笨拙的排位出赛，看到赛车闪过时观众的头和眼像塘边鹤那样左摇右摆，看到赛车手胜出后在赛道上慢驶扬手致谢的喜悦，我们都看得很兴奋。

那一年，为了增添吸引力，赛事完结后，还安排有老爷车大巡游。十多廿辆令人目眩的古董房车，有的更配上一身雪白制服的司机，车上坐着穿上隆重的礼服的男女主人。配合时近黄昏，那种华丽的时空错乱感，至今我仍无法恰如其分形容当时内心的感觉。若果两年后的大赛车未被取消的话，再来一场古董车巡游，那些白驹过隙、物是人非之感，是否更为花甲之庆赠兴？

2011.11.27

愿马达声年年响起（二）

那天偶遇朋友，因而得到了一张澳门大赛车的入场券，周日的格电及三级方程式赛事正是戏肉，而且还是葡京弯看台的。兴致一下子就来了。

葡京弯之名由来，皆因一座葡京酒店。坐在酒店餐厅的露天茶座上，呼啸而来的房车、撞得落花流水的电单车、绝尘而去的跑车，一一收入眼底。然而，这仅仅两张桌子的座位当然不是普通人的享受。普通观众可能更享受的，是葡京酒店面对大看台的一格一格窗子里的春光无限。

那天我却没有这等眼福，据说，如今那些莺莺燕燕都到了路氹的新酒店去了。不过，今年的入场观众却是历年之最，道听途说指门票一度被炒至两万元一张，虽难证真假，却是足证五十八岁的格兰披治魅力正浓。

葡京弯门票最贵，是有道理的。新手上路，一个不小心就直扑进了葡京弯的旮旯里去了，惹来一片善意的倒彩声浪；其后，小心翼翼地倒好车，嘭嘭嘭地又追赶而去，满棚里响起一片掌声。然后，有看到跑车一侧甩辘的，有看到油门一直喷着一朵火的，两次被吊走跑车的也都发生在这个九十度角的宽大弯位里。因为距离近，所以，都能看得一清二楚。

每次，大荧幕还播映着水塘弯的镜头，葡京弯已听到轰轰轰的马达声，看台里已身不由己地涌起人浪、欢呼起来、鼓掌起来、喝彩起来。好似才十七岁的大热门德国车手韦特文撞入了弯，赛车被吊走很久了，大荧幕还映着他俯伏在古老的石墙上痛哭不已。我们的心也仿佛跟着在抽搐，太年轻了呀，要承受这样的打击！

这就是澳门格兰披治大赛车啊！什么事不可能发生呢！也因为还年轻，才可以承受得起这条令全世界的赛车手又爱又恨的东望洋赛道啊！

东望洋赛道，澳门人每天的必经之路！纵使未必人人都能亲身进赛场感受那热血沸腾的风驰狂飙，但那轰轰的马达声，应该已深入到了澳门人的基因里去了吧！

2011.12.4

愿马达声年年响起（三）

澳门面临着有史以来第三次大规模的填海造地，看新城规划草案展览，图文并茂，给人以无限的想望。

不过，看看日前一则新闻，说是回归后特区政府与地产商协议有关土地置换的十个案中，八个仍未处理，故此，未来“新城填海地不排除还地债”。至于，有多大的部分用作置换用途，最后变成豪宅，谁知道？所以，什么海滨绿廊、低碳社区、文化休闲设施，套一句老话：“风物长宜放眼量”罢。

话虽如此，但公共的利益还是需要大家努力争取的。不然的话，那百分之一的希望都会被集体的沉默所淹没。

表面看，澳门什么都缺；但四百多年过去了，澳门人口越来越多，俨然已改头换面成为国际大都会，澳门，其实什么都不缺。澳门，所缺的只是长远的规划、合理的运用和细致的完善。

一如闹哄哄的文创产业，若说创意，澳门一年一度的三级方程式街道大赛车，就是一个天才的创意，至今还只有澳门和摩洛哥与有荣焉。要成为产业，品牌的建立不可或缺，澳门格兰披治大赛车这块五十八年历史的响当当的名牌，相对外来者的热切，澳门人对它的认知和珍惜，又有多少呢?!

遥想当年，我们对“唔等使”的葡式石仔路几乎要弃之如敝履，但当内地开放国人外出旅游，令游人惊艳的葡式石仔路于是备受重视，铺至满街满巷，几至泛滥成灾。如今，大赛车的入场游客逐年递增，将成为一块“捞金”招牌是毫无疑问的了，将来会否“因应旅游业发展的需要”而变得像石仔路那样触目惊心？我不无疑虑。

近一个甲子的国际著名品牌的建立来之不易，愿马达声依旧年年响起，但一年一度就够了。平日里，我们该做的，就是为着大赛车的长远发展着想，把澳门的道路网络完善、把公共交通理顺、把赛道两边的建设修葺好，令观众看着大荧幕上的澳门“如在画图中”。一年一度的大赛车，不难成为澳门的“金漆招牌”。

2011.12.11

记得闩水喉呀

个多礼拜了，冲凉时尝到的水喉水是咸咸的。天不太冷，水也不太热，但冲凉前冲凉后，手手脚脚却是痒痒的不可止，排除身体的原因，应该是冲凉水太咸了吧？广东人有说“腌咸鱼”，拿这么咸的水来冲凉，冲走了死皮，却是添了不必要的咸料，噢！人未死倒要先当咸鱼了！

农民总结天时，爱用“风调雨顺”形容，今年似乎是只有一两个台风吧？年底了，连北风都还欠奉。雨呢？少得更是可怜，也想不起上次龙王爷认认真真地下雨的日子是什么时候了。澳门是莲花宝地，没有天灾，却也什么都要睇天做人。虽然没有农田要耕作了，但风不调的话，天空灰蓝灰蓝的，人也死气沉沉的；雨不顺的话，连饮啖淡水也成奢望呢！风雨不作，是古代的祝祷语，如今，竟成了都市人的噩梦呀！

不下雨，珠江源头也缺水，澳门人再有钱，也不能叫别人唔饮水只供应输澳；不下雨，再多更新更大的水库，也不见得就能吸纳全世界的水到澳门；不下雨，就要“腌咸鱼”，澳门人光拿着那七千元又能怎么办呢！总不成都拿去买瓶装水冲凉吧？气候暖化与澳门人何干？仔细再想想清楚吧！

所以，那天在新城规划的文化艺术界专场咨询的时候，我是多么渴望“霸”到那枝咪，然后告诉我们的官儿们：希望新城区在做基建设计的时候，务必实行生活用水上的双管输水制。

记得年中时候，管全澳民生的官员曾说过，澳门搞海水冲厕成本太大，很不现实。换言之，这是一项投资大、收成慢的不划算的生意。大概，是没有商家有兴趣去投标的罢。然而，填海造城建轻轨不也是成本大得令人哗然吗？为什么就可以立马推行？我以为，那是因为填海后的地皮吸引人吧！建好轻轨后的买路钱吸引人吧！在未有人想到坑渠水如何“点石成金”之前，海水冲厕只能成为圣诞树上的愿望罢了。

在“山·海·城”的理想蓝图上，我希望更多一点环保的理念，尤其在水资源日渐变成稀缺资源的大环境下，尤其当新城区被水体环绕的理想环境下；澳门人一方面将珍贵的淡水哗啦哗啦地用于冲厕，另一方面却要用咸水冲凉的荒谬场景，希望在将来不要重演。

2011.12.18

一定要拣吗？

在出席新城规划咨询会前一个周日，我很认真地参观了在科学馆展出的两个新城规划咨询方案展览。看完展览后，有电脑问卷调查，亦有一对一的问卷调查，我都很认真地参加了，但是否每个参与者的意见都得到表达？参加过的市民，相信也会摇头。

举个例吧，电脑问卷问：你对C、D、E区的规划是否有了清晰的了解（大意，因为面对电脑快速进行，没有进行笔录）？但看过展览资料的，只会见到这三个区域的未来用途规划只有一句话的简述。如C区，未来将或会是低碳生活区。

够简洁，也够含糊的了，想象空间无限的大着呢！“低碳”涵盖的范围从贫民家庭过简朴生活的不用冷气、不用化学品，以至富贵别墅中使用到昂贵LED灯、太阳能发热板。到底这个“生活区”的定位是面向什么人？真令人摸不着头脑，我宁可相信，那是主事者心里也都未有底，抛个够潮够型的名词，吓吓你又如何？呵呵！

再举个例，A区展板的两个方案区别在哪里？我看过后，却都只留下“豪宅区！”的印象（这结论在随后的咨询会现场得到印证，原来不少人都有此论断），不过，展场里负责做调研的工作人员表示“非也！只是一个设想而已，大家可以随便提意见”。然而，如果基本设想不会成为现实，那么，这个咨询和展览的意义何在？难道它只是让你看看，日后会以面目全非的规划出现？如此说来，现实是否比想象中更恐怖？哼哼！

回头再看吧，澳门很多的咨询往往只有两个方案，市民们只能从中拣A或B。但是，如果A或B都不是大多数人的理想呢？又或者，我们要问：为什么很多时特区政府部门抛出来的方案会与市民的期望产生那么大的落差？是否明知是个烂苹果，我们仍然不得不要吞下去，让肌体慢慢地慢慢地被腐蚀被坏死？

2011.12.25

爱脚下这片土地

一群内地的旧同学来澳探望我这只离群孤雁。当中有些已是访澳常客，但当我带着他们游走于横街旧巷时，众人皆惊讶于呈现眼前的市井风情；也有首次踏足澳门的新鲜人，像我初到澳门时一样，惊叹于小城的平静和整洁。

当我初到澳门时，澳门何尝不是给我很大的惊艳？我这位首访小城的同学，当然不是初次出城的大乡里，东南亚与欧洲都曾留下足迹，但她还是对澳门一见钟情，可见小城风貌实不输于人。不过，生活在其中的我们，对脚下这片天天见着的土地，又有多少的感觉？怀着怎样的心情走在路上？甚或，对她的感情是深是浅也不明了？

澳门的而且确是一个移民为主的城市，故而不少生活在其中的人抱着过客的心态毫不奇怪。但无论小城是你的第一故乡还是第二故乡，我想，若果抱持一种热爱所生活着的这片土地的心态，我们的内心将回归一种宁静和积极的状态。

这种宁静，是既来之则安之的平静；这种积极，是既安之，则爱之。故而爱护她、建设她，也因之建设了自己的生活。

这些“他乡是故乡”的心态，或许在祖父辈的早期移民心里并不明显，毕竟他们当中大多数来自周边地区，在家乡太多血肉相连的牵挂，故乡与小城毕竟是感情天平上绝不相等的两个概念。但随着新一代的成长，生于斯长于斯，父辈的故乡在年轻的心中渐变模糊，脚下这片土地才给予他们真实的感觉，小城就是他们的家乡了。

然而，这两种建基于不同环境的“家乡”的观念，就形成了乡土教育中的认知代沟。老人家对本澳的历史及风俗很多停留于不情不愿的浅层了解，年轻一代失去了来自家庭环境中的乡土教育，不了解本土历史，热爱也就无从谈起了。

故而，一直以来，乡土教育在澳门，总体呈现的是一种缺失的状态。这缺失，可从父母家庭教育做起，应从学校乡土教育做起，而且，刻不容缓。

《澳门日报》今年举办的六一儿童节有奖游戏设计中，主题强调了对本澳历史和习俗的认知，从对领奖者的咨询中，有感而发此文。

2012.6.3

我看我城

城中的百货公司一年两次贵宾日，早被人潮吓窒、两三年不曾凑此热闹的我，黄昏下班后动了去凑凑热闹之念。

泊好绵羊仔时，看看手机，已是晚上7时，远在数十米外已感觉到人潮的涌动，隔住马路已看到三层“蛇饼”绕了百货公司大楼一匝又一匝。看见如此阵势，还是及早走为上着。

绕到小公园对面的一家专卖外国食材的超市，想买点芝士、猪扒之类做晚餐，却见两道铁闸冷冰冰，想是关门大吉了。只好再走远百来米，到一家新开张不久的超市。但见上下两层冷清清的店铺里，货架上排满了酒类、饮品、朱古力、沐浴露、洗头水等几大类货品。无奈地，只好急步走出这个充满了刺鼻化学剂味的地方。

走在回家的路上，环顾这个小城的商业中心，这时刻竟是没有一家可以买到居民日常食品、用品的超市、士多之类的所在。所有的商铺，都是为着游客服务的大大小小时装店、化妆品店、名表店、名袋店、名鞋店、手信店……

没有了游客，澳门街只是一潭死水；当游客纷至迭来，我们却渐被迫退至城市的边缘；当澳门的赌场税收年年呈双位数成长，我们却被飞涨的物价压得喘不过气来；当澳门正向国际旅游休闲中心前进的时候，我们却发觉这个城市越来越不属于我们了……

曾经日夕相对的捷成超市也要结业了，那天，我跑了两趟入货。即便结业的这几天特价八八折，捷成的货品其实并不算很便宜。但想到以后这里不再是街坊街里碰面点头之处、这条街上不再有浓浓咖啡飘香、习以为常的食物再觅无从，心头也就一阵难过，恨不得把十多年来的记忆都统统搬回家里。

当昔日深宵里沿街叫卖咸肉粽的单车佬早已不再出现、当那几家营业至深宵的面家逐一搬离甚至消失、当屹立其中廿多年的报馆迁移至北区、当铺面多年从不变更的街坊超市迫于无奈结业，我们这一代有关白马行的印象，渐渐地亦成为唏嘘的记忆。

2012.6.10

一切将成为废墟

如果不是同学的带动，相信我不会在一个月内走遍南番顺，更不能如此深刻地领略内地城镇近年天翻地覆的变化。

其实我甚少回家乡，早年固然是忙于工作和照顾家庭，也由于单程路途已需时三个钟左右，令晕车浪的我太吃不消。源于内心更主要的犹豫，是因为近年家乡改变得太快了，快得连昔日闭着眼也不会走错的路已荡然无存。我已经不认得回乡的路！

我坐的是同学的私家车，从珠海到顺德只需时一个半钟，就连这位经常到处跑接待的同学，也惊讶于道路的顺畅与快速，更不要说我这大乡里了。

返乡下与朋友吃罢晚饭后，坐车离开的时候，经过一条只能容一车通过的泥沙公路，两旁长满了大半个人高的橡草，显得似乎异乎冷清。朋友有点感慨地说，这条路以前我们读中学时每天都走过，是整个市镇现存的唯一一条当年的公路。

一个乡村小镇尚且如是，那些高速发展中的中大型城镇就更不用说了。面目全非，是比较贴切的说法，相信没有人认为夸张。由是之故，China 也成了“拆啦”的代名词。

事过境迁、人面桃花，这是社会发展常态；没有一个地方能像庞贝古城那样封存千年不变，因为那不是正常状态。但是，十来年间天翻地覆，是否又是正常状态？这速度，好譬如我们每天经过的街道，平均每个月都有一间屋子在拆建、每年都有一条街道以陌生的新面貌呈现。这情形，相信我们这一辈人还未来得及记录当下，就已然与瞬息万变的人事一起走进历史。这变化，又会有多少澳门人可以接受呢？

如果，一切为了发展，我们以前所未有的快速去改变我们身边的一切，包括建筑、包括社区、包括生活，一切来不及积累便已变改，那么，我们也将很快变成历史，澳门也将很快变成废墟。

因为，浮华过后，便是荒凉。

2012.6.24

流行分享

有没有留意过，现在无论报章杂志抑或电子媒介，都非常流行“分享”一词。分享乜分享物，我从心底里冷笑出来。

分享——把我所拥有的与你共享——包括喜怒哀乐以外的一切，都是可以分享的。是否每个人都乐意分享和接受分享呢？当然不是！

有些分享是不会宣之于口的，譬如一家人共患难同欢乐，是责任也是权利，但不少人是只能同富贵未能共患难的。有些分享是口惠而实不至的，譬如官式口号都会喊的分享发展成果社会福利。有些分享是精神分裂强迫形态的，譬如微信群中每天如潮水涌现的去了哪里吃了什么哭了吗笑了吧，最后不得不忍痛把他或她摒出分享的圈子。

我当然也乐意分享和接受分享的，但不是一切，包括我的和你的。以下分享几句牢骚，抱歉耽搁了你和别人的分享时光。

年初转了石油气公司。这两年我发觉家中换石油气的频率足以超逾物价飞涨速度——大约四年前，两口之家每隔四个月换一罐石油气，然后是三月、两月一换；半年前居住人口由两人变为一人，但石油气却变为一月一换。不过，一轮扰攘换了供气商价格亦贵了，一月一换情况却是依然，送气的工友分享情报说换什么啦都是同一个气罐灌气的都一齐从离岛拉过来的。

月初转了电讯公司。柜台职员表示一旦通讯地址得到确认，国际长途及流动网络就会开通。个多星期后，收到电讯公司来信并作了地址确认后，再打电讯商热线询问为何未能有上述服务？接线生不下十次地机械式回播：根据公司规定，你要交一笔钱做按金或待下个月公司从你的账户扣数后，服务才能生效。然而，当日我所收到的合约却全无此项规定（你有交过开通国际长途服务按金吗），而且我亦以碌卡和自动转账形式交齐了所有服务的全部费用——换言之，没有服务但已一早收足了你的服务费。

活在当下的社会，有能力的都拚了命要“分享”多一些利益及再多一些痛苦，总之过了海就是神仙，当没有再多的“分享”时，或者就是饱食远飙的时候了。

2014.3.16

心态决定现实

这两年不时要接待一些自由行的亲朋旧友到访，除了招呼食住，当一两天的导游是免不了的。这也让我有机会从头细看自己所居住的小城。有多少澳门人对这座小城有亲身游历经验并能当个“走透透”导游的？我想不多，毕竟绝大多数人忙碌于生活，对居住的区份或会很熟悉，但大部分的旅游点可能只是顺道走过或在巴士上一瞥罢了。

没有熟悉，就没有亲切感，就更谈不上归属感和珍惜感了。

曾听到过一名家住北区的小五学生说，她到过澳门最远的地方是大三巴，而且只是一次而已。我想，即使日后澳门建设如何天翻地覆，于她而言是没有感触的，因为她从未见过“以前”是怎样独特而美丽的，于她而言没有新旧之分，只是生活和工作的区域之分而已。

假如换了另一种心态呢？

一位作家曾多次到访澳门，每次从机场坐车经过友谊大桥，他都会由衷地赞叹澳门海岸线的夜景是多么的美。

我因为工作的关系，几乎走过大半个澳门，所以当亲友的导游自信绰绰有余。通常我会先问问他们的游览要求，然后再设计路线。其实，他们大多数人已数次到游澳门了，但由我领着一天走下来，还是会令他们惊艳连连。

当本地人经历“审美疲劳”的时候，外来游客以欣赏的心态作出的赞美，该是值得我们珍惜和重视的吧！

这座小城就像一个浓缩而精致的盆景，举起镜头处处皆是美丽的画面。我从内心期望蜂拥而至的游客如能被恰如其分地引导和分流至各个街区，让更多的游客认识澳门更多美好的一面，让旅游业多元化才是澳门之福。

但从目前来看，相关部门除了抛出几个旅游路线设计赛、找旅游学院实习生当当临时导游，还有什么更全面更长远的考虑吗？不要说自由行路线地图的提供、交通路线车辆的疏导、休憩设施如公厕的设立等等了，就说现在的闹市街头，想要找个游客问询处，恐怕也是一件难倒了你的事吧？！

2014.3.23

掘路，以商为本

下星期就是新学年开学的日子了，眼看澳门的大街小巷仍是遍地开花，完工似遥遥无期，真不知学生们每天要提早多少时间出门？

大厦隔篱街那约二百米的横街，自从6月头开挖后，直至8月10日才回复畅通。每天，工人很准时地9点钟就开动机器凿烂水泥路面，11点，钻机的巨大锐响戛然而止，远远近近所有上完夜班正在酣睡中的人们完全清醒过来，没法如常再倒头睡去。工人上下班很有规律，早九晚六，从不逾时；不但如此，中午有午饭时间，工作时间里还常可见三三两两蹲在行人道上抽烟歇息的工人。如此效率，如此工时，如此耗时，是正常不过了。

这二百米的路，较窄的一段全面开掘，较宽的三分二则只是开挖一半路面；所铺的管道，表面看来是普通的硬胶管，也没有一定厚度，薄薄的样子，令人担心用不了十年八载，就要破裂更换。

据工人说，铺设的管道是与电信有关的，但语焉不详。在澳门，水、电、通讯都是私营机构，要开掘马路铺设水电或电信管网，当然是须向特区政府申请然后得到批准方可掘路。我相信特区政府对这类申请是无有不批的，亦当然明白新铺或更换管道于居民来说，是肯定有益处的。

但是，在广大居民远未得到任何些微益处之前，首先要付出的是休息时间的牺牲与出行的巨大不便。无疑，工程方是依足了噪音法在规定时间内掘路，然而，在服务业为主的澳门，廿四小时三班倒，是大多数人的工作状态，上夜班的人们的睡眠时间被侵扰了，能找谁追究呢？

道路的使用权无疑由特区政府决策，但相关部门依据什么原则批准道路的开掘？以至于廿多平方公里的小城里有卅九处道路同时间开掘？以至于人手不足时停时歇？以至于怨声载道亦无动于衷和充耳不闻？提高地下管网的兼容性和渠管质量，严控道路开掘的时间和效率，以民为先而非以商为先，难道不是以人为本的管治承诺的体现？难道不是居民优质生活的保证？

2014.8.24

街影，与你无关

特首候选人主动提议澳门特区立法取消“街影条例”，坊间随之一片哗然，当房地产界一片喝彩时，民间当然就是喝倒彩了。

据说，“街影条例”的设立于上世纪70年代自香港引入，太多的专业术语和七十六度斜线之类的就不说了，以我有限的理解简而言之，就是确保我住在一楼时，也能透过铁窗花看见阳光。

这一点其实很重要，尤其对于穷人来说。本来，无私的阳光是上天的赐予，据说是天然的增钙剂，免费的抗抑郁药，不过，若果一幢旧式唐楼的四周都是新建的十多廿层（更高的就不说了，反正该出现的话总是会出现的）高楼林立的话，不要说能射进我家的只有对面大厦的玻璃幕墙反光，而且当我走出家门也会是不见天日的。每当想到这里，我心里就一片忧郁，我太担心这一片忧郁很快就会变成不少本地小市民的心中抑郁。

不过，提议者安慰大家说，放心吧！取消“街影”限制并不等于可以随意放高，因为还有《城规法》《文遗法》及《土地法》等“三大护法”规管。

我当然很相信他说的话。这世上，哪有建筑商可以随意决定建筑物的高低，有没有“三大法”，每幢新建筑物都是要特区政府批则的。特区政府相关部门批则的根据和考虑，就是各种各样的法规了。多一条法规就多了不少限制，头痛的是建筑商；少一条法规限制，将来头痛的就是本地居民。

地产业界说，“街影条例”令到容积率减少、局限使用率、设计和建筑成本高。我当然很相信他的话，这就是喝彩声的来源、提议者的用心良苦之处。取消了“街影”限制，日后无论建什么高度什么形状的大厦，都不用考虑这边那边和对面街不知什么人等的采光问题了，呵呵！爽快！

亲爱的善良的人们，你会认为取消了“街影”限制，那些正在摩拳擦掌的建筑商们就会把这幢那幢楼设计得稍微美观一点吗？就会把建得多了十层八层的成本摊分到楼价上便宜一点吗？就会把设计上的便利体现在内部空间人性化一点吗？我劝您死了这条心悭返这啖气罢！

2014.8.31

旧区，未重建过

我重复又重复地看了连续两天对建议取消“街影条例”的报道，在地产业界眼里，“街影”的存在仿佛是旧区重建的紧箍咒；这令我又想起了另一个地产业名词：“割街”，是指旧宅重建时，必须依从现时的街道宽度，把旧宅突出的部分割让出来（昔日街道通常比现在的马路相对要窄），令行人道或马路整齐划一。

当经济一潭死水的时候，少见旧楼清拆，更不要说小业主因为不肯割让丁方路面益了特区政府而死活不肯拆楼，以至常见旧区某些路面迂回曲折断裂；但当楼市热闹沸腾的时候，只要有旧楼可以清拆重建，卖一个单位赚到的足以弥补割出去的部分，大家也就不介意“割街”起楼了；何况有时候割得多了还会得到特区政府另地补偿，何乐而不为！当“无奸不商”的“奸”不是贬意的时候，那肯定是指“算死草”一类。取消了“街影”限制，即使还有限高，但毕竟能多建三数层的单位，已多赚个一亿几千万，呵呵！爽！

除了整天地产商嚷嚷着拆楼起楼，旧区要发展难道就无计可施？譬如，老街老巷凹凸不平的水泥路面为何不重铺平整？街边乌蝇臭气薰天的垃圾桶何不觅地建垃圾房安置？乱泊乱放的电单车为何不重新规划停放？停建十多廿年的烂尾地盘为什么就不收回重建公屋增加供应？如果说“街影条例”老旧了就要取消，那么几百年的旧城区岂不都要清拆了建新的吗？真是大快人心呵地产商们！

旧区发展重建，难道只得“起楼、起高楼”这唯一定义吗？为什么不建议立项规定过了几年期限不发展的地盘就要由特区政府收回重新规划？取消了“街影条例”得罪的是一班只买得起甚至买不起最低层单位的小市民，那是在与天比高楼价下忍气吞声的一群，所以不怕得罪不起吗？

2014.9.7

专业，市民难明

澳门工务局长贾利安谈及有关“街影条例”时，表示“街影系好技术的问题，普通市民不易理解”——是否可以如下理解:“街影条例”技术含量很高，只有专业人士或者普通市民以外的人士才会理解——如是，这么高技术的建筑条例，又岂能因某个人的建议就轻易废除?!以局长及麾下如此多专业人士，又岂没有人才把这条例深入浅出地向广大市民解释清楚?!若力不能也，我们就要质疑其专业能力;若不屑为也，我们就要质疑其服务市民的真诚了。

民间及团体聚焦于“街影条例”的取舍，并非无事生非，因为阳光、空气、街道，都是公共的，人人得而公平享之，断不可因为建筑商着想多建几层楼而剥夺公共权利;如果以此责怪市民不信任特区政府的话，那只能说，这提议除了彰显地产商界利益，市民“不易理解”有何得益。

除了“街影”存废的着眼点“太多技术性问题”，令市民难以理解，其实，近年来特区政府不少举措亦是令广大市民“不易理解”，因而怨声载道的。例子实在也是信手即可拈来。

比如卅九个掘路工程遍地开花。暑假虽是学校放假，但同期亦是旅游旺季，游客大量涌至，其数量不比本地学生人数为少;而且，游客都是坐车到处游览的，对道路的使用率一点也不比校巴少。在以旅游业为龙头业的城市里，竟有如此待客之道?!而且，大量工程同时进行，人手短缺问题岂非更形严重?

比如内地今年开始试行取消大学统考，除中英数外，其余只取平时校成绩；偏偏澳门就有教育部门要极力推行大学联考，对市民质疑之声置若罔闻迎难而上。是否他们心中亦如工务局长所说:“联考系好技术的问题，普通市民不易理解？”

我不相信以特区政府部门大量专业人士的能力，竟不能顾及到如此常识性甚至低智的问题，市民真的“不易理解”；又或者，特区政府部门的专业人士亦觉得这些问题不易理解难于解释，故而，只能当没有专业学历水平的市民是傻瓜了。

2014.9.14

市政，重在细节

居所大厦对面马路转弯位有三个大型的垃圾桶。垃圾桶身是蓝色的那种，有盖，却从未见合上过。庆幸本澳的垃圾桶罕见苍蝇成群觅食嗡嗡作响，故而大家亦不抗拒家居附近有垃圾站，因为扔垃圾实在很方便；而且，总不能把自己厌弃的垃圾桶都放到别人家楼下吧？！

我抗拒而且要抗议的，是清洁专营公司清倒垃圾桶的方式。

每晚近12点，我下班回家，一路上都与垃圾车相随，因为白天倒垃圾会影响道路交通，这很容易理解。不过，我家附近垃圾桶的清倒时间却很令人困扰。

凌晨12点至1点时段，会有环保清洁车到来，工人把木头、纸皮、金属等可再造物件取走。把东西扔上车时，嘭嘭作响，常把楼下的一岁BB吓至大哭不止。扰攘一轮，然后，深夜3至4点时段，真正倒垃圾的车子来了！

先是倒车和刹车的刺耳吱吱声，再来是打开车尾板的哐当巨响，然后是拉动垃圾车的轰轰声、倒垃圾的隆隆声，紧接而来的，就是中人欲呕的臭味了。

除非一年四季都关窗闭户睡觉，不然的话，每晚必定在熟睡中遭遇如此不人道对待。旧城区多为五层高唐楼，垃圾桶周边居民莫不忍受滋扰。为何垃圾车直至深宵才到人口密集居民区倒垃圾，以致成街居民每晚不得安宁？为何近年已基本停建垃圾房及改设压缩型垃圾桶？须知露天垃圾桶极不卫生，影响市容之余，倾倒垃圾时产生巨响深宵扰民；细菌和臭味四散飞扬，严重损害市民健康。

数年前曾有官员喊话要学台北做垃圾分类回收，结果不了了之；垃圾清洁虽属外判专营，但并非意味着特区政府可以撒手不理，监督并完善制度、改进服务水平，就是市政部门的职责所在，亦是关心市民、关注市政的体现。

澳门旧城区本就置身旅游景点包围中，作为旅游城市，市容建设多年来没有寸进。特区政府各部门年年大喊要引客进旧区，却只空闻口号响，旧区依然旧，日渐衰颓中。

2014.9.21

十五年风雨同路

印象中，澳门街有什么节庆或大日子要办活动，即便前一日仍是狂风暴雨，但当日总会是丽日晴天。这让我慢慢也仿似“洗脑”般相信，澳门是莲花宝地，福有攸归。

今年的回归日有点冷，有点雨，有些风，让人相信世事不总是尽如人意。

澳门回归十五年了。如人岁月，十五少年，既不幼稚，亦未成熟。套诸社会各项建设、政制各种改革、民间各方思潮，都正如成长中的蓬勃少年，来日方长。曾有贤达言澳门回归初期“如细路仔着大人裤”，蹒跚学步；但十五年过去了，若仍如此自况，则无疑粤谚所云“食塞米”了。

十五载风雨同路。回归初期，澳门人虽或欠缺一些自信（人口约四十三万、国民生产总值四百七十二亿、年游客量七百四十万），但并不缺少信心，热爱祖国是坚定的民意基础，乐天向上是澳门人的天性，淳朴善良的澳门人并不奢求飞黄腾达，只希望通过自己的勤奋工作可以安居乐业。

十五载风雨兼程。回归至今，澳门人可谓经风雨见世面，小小的一条“澳门街”，如今成为国际知名的娱乐大都会，当中的变化，一日千里。犹记赌权开放之始，我们忐忑于百年赌城之名，自我安慰于澳门人基因似有赌博免疫力；犹记港珠澳大桥构建之初，我们汲汲于如何与国际接轨，自惭自勉于中西文化交融之地国际娱乐休闲之都。

十五载风雨向前。从蹒跚学步的小孩到趑趄向前的少年，澳门人要学的东西还有很多，澳门人要走的路还有很远，澳门的前景仍然很广阔。当习大大在台下欣赏着十五年不变的《澳门梦一中国情》的时候，澳门人更加要明白，上天从来不会眷顾耽于安逸的人。

空谈误国，实干兴邦。当下一个十五年到来，澳门一定要成长为成熟、有内涵、独立于世界之林的人文之城。

2014.12.21

卷二　君子行而健

一劳永逸

电脑的普及使用对于文字及图像的处理是一伟大贡献，不过，凡事无绝对。

几年前家里有了电脑的时候，欣欣然，以为打字、交稿快如闪电。孰知，光是打字就是一个难关，现在还记得第一篇纯用电脑打出来的稿，感觉特别长，大约三千字吧，足足用了十个钟来打完它。有时候气不过，心想还是用回手写算了，但心里明白，一天不熟练打字，就整天都是烦恼。

电脑用多了，当然是深深体会电脑处理稿件的快夹妥，反觉手写费时失事了。但新的烦恼又来了，外出采访需要用笔录时，竟是下笔如蜗牛，真有点害怕哪天拿起笔不会写字了！

好了，正当学会了在电脑这里虚拟世界中往返的时候，我的老电脑却开始跟不上我的脚步，显得疲于奔命。例如正在上网时就不能开视窗，网上缤纷的资讯世界就只得一个“看”字了；虽然有造图功能，但每完成一项操作需时起码一分钟以上，这种情形下使用电脑简直就是一项奢侈工程；若说到从电子邮件中收取图像，它更是会突然间当场“死畀你睇”！

据说，电脑如此不合作，根本原因是它的装机容量不够大所至。为免“强人所难”，那只有赶快给它升级、加大容量了。果不其然，重新加码装机的电脑，基本上是“机从人愿”了，现在倒过来要升级的，就是我那有限的电脑使用常识了。

这样的你追我赶下，人与机都在不断进步中，这种循环一开始了，就没有结束的一天，在家里是这样，在公司也是这样，在社会上做事都会是这样。

好多时，我们做事都有“一劳永逸”的美好愿望。公司实行全电脑化的时候，我们何尝没有过这样的想法？可是，我们现在会发觉有更多的东西要学，有更多的资讯要处理，有更多的问题产生。或者，我们的先哲老早就遇遭到了这种困扰，于是才会创造“一劳永逸”这个词，好让我们在梦想中得到一点点的安慰。

2004.8.20

敬业

试想想，一个五十几岁的妇人，小学毕业程度，在现时澳门的就业市场上，相信除了做清洁阿婶、凑仔用人，几乎是无甚出路了。不过，若是能找到自己的长处，肯挨肯搏的话，那就真的应了一句话：“夕阳无限好了！”

看到本报专题报道的“大妗姐”娟姐，故有此感慨。熟悉娟姐的人很多，大家都知道她以前是做清洁阿婶的，大妗姐只是兼职客串；但时至今日，“坐正”做了专业大妗姐，工作已安排至明年，相信现在若有人请她做清洁阿婶，她也没空去做了。不特如此，娟姐还准备开婚庆公司，似乎人生正进入精彩阶段呢！

娟姐的头脑十分灵活。她年轻时爱唱爱跳，别人找她帮忙从不推托，不做大妗姐的时候，就到社团当义工，人际关系非常好，所认识的人都成为她的客源；做大妗姐的时候，娟姐看到摆酒席用剩的酒水成为一大笔无谓开销，她就与贸易行合作，包办新人的酒水服务，价钱比市价低之余，又可用剩退还。如此一来，成了一个“三赢”的局面，怪不得有人说周街系钱，看你有否本事执到而已。

反观很多大妗姐，只抱着“我只系服侍新娘一个”的态度，“一碌木咁”被动工作，正应了一句广告语：“今时今日咁嘅服务态度系唔得嘅。”可惜现时澳门很多行业欣逢好景，生意唔忧做，服务态度与生意成反比，这并非做长远生意的手法。娟姐正因其认真的工作态度，才能令她在前些年经济低迷时期，凭借长期积累的工作经验和口碑，为自己打开另一片天空。

的确，有些工作不是单凭年轻、有文凭就可以胜任的，做事认真、临场执生经验老到、人际关系广，诸如此类，这些都是中年人在就业市场上的优势，就看如何发挥而已。

娟姐的成功经验有三点：找到自己长处、敬业、与时并进。这些是成功人士的特质，也是一般打工仔所欠缺的。当然，知易行难。所以，大部分人都是安于本分，过着平凡的生活。

2004.12.2

平凡人

每天返工放工的必经之路，中段有一间小食店，卖的都是一些果蔬及顺德小食，例如马蹄糕、芋头糕、白糖糕之类，还有盐水花生。通常下午我返工时，热辣辣的糕点刚好出炉，软糯的热香都会扯慢我的脚步，但总不成每天都提着包热糕回公司罢？只好作罢。晚上放工时，又经常碰上盐水花生出炉，丝丝的白气令人更感饥肠辘辘，这时我多数都会帮衬，留待晚上看电视时吃，真是太美味了！

小店铺面窄长，每次买花生，我都要大喊一声："买花生啊！"亦总有一把俊朗磁性的声音回答："好啊！"声如其人，店主是一个高高的清朗男人，手脚麻利地装好花生、收钱，最后总有一句毫不含糊的"多谢！"附送，而我就会说"唔该"！

真的是从心底里说出来的"唔该"。才不过几元钱，就已得到了这么多的东西：美味的花生、亲切的笑容、真诚的多谢、温暖的感觉，超值得令我不好意思不去帮衬，不好意思讨点价钱上的小便宜，甚至不好意思买得太少。怀旧电影及小说里令我神往的"鸡犬相闻、手足相望"的邻里关系应该就是这个样了吧？

这店主人还有一样令我钦羡而奇怪的，就是这么样的一个人，竟能甘于这平淡的小店，乐于生活的琐屑，每天的笑面迎人；就连他的老婆，也是再平凡不过的一名小妇人。这样的小店，该不是能赚什么大钱的，难道他就不对外面的世界动心？

每次路过小店，我总带着这个念头走在路上，然后马上又予以否定。为什么我们总认为有一副俊美的面孔就该去演戏？有一把好嗓子就该去当歌星？照此类推，那店主人岂不是要换一个靓老婆？要真是都这么想，这世界就太烦了。怪不得古人说“世上本无事，庸人自扰之”。

可幸，小城里这样的“庸人”并不多，弃学弃职从赌场的也只是少数，大多人还是甘于平凡生活，做平凡人。

2005.1.29

希望

数日前，我与张先生通过一个电话，他曾经是我的采访对象，虽然我没有能力帮到什么，但我好希望我的电话能为他们打打气，其实也好为我自己坚定一下信心。

电话中，张先生说快要撑不下去了，我知道他虽然已完成了特区政府的文化课程，但到目前还是未能成功搵到工作，只零零碎碎地做着地盘工。张先生是会开货车的，可自从撤销成衣配额限制后，失业司机遍地都是，没开车两年的张先生更没指望重新开车了。张先生手上虽然拿着几张课程毕业证书，可大家都知道是不能证明什么专业资格或技能的，对搵工一点帮助都没有。

当初特区政府推出文化课程的时候，很多人都怀疑那些学员是否真心读书。的确，当中有一部分就是有工也不会去做的人，但张先生却是被迫要去读这些文化课程的，因为没有津贴就无法维持家中的开支。张太身患乳癌，也要在完成文化课程后，继续参加特区政府以工代赈的安排。

张先生其实有机会改善家境，因为大女儿去年高中毕业了。按张妈妈的想法，女儿该搵一份做赌场的工，“咁就一天都光晒！”可张家大女立志学医，还考上了台湾一所大学，张先生十分支持女儿继续学业，“唯有再穷多几年”是他的想法。

特区政府三番四次说要提高居民生活质素，学者说提高生活质素要全体居民多多努力，可是，我们要怎么样努力才能改善我们的生活质素?！像张先生，他说除了杀人放火，只要有人请，他都会去做，可就是没工可做啊！连买菜钱都没有了，遑论提高质素？假如张先生的女儿不去读大学进赌场，那又如何？正如张先生所说“难道要女儿廿年后像我一样吗”，这就是他坚持要女儿继续读书的原因了。

改善生活、提高质素，不必说都是每一个居民的心底愿望和工作方向。我相信，一个高质素的城市应该是可以让她的居民能通过自己的努力改善经济环境、养育儿女成材、找到好好生活下去的希望的地方。

2005.3.12

难为

据报，一条千亿元打造的“金光大道”将于三年后现身本澳路环，令人更相信从此以后，澳门的赌博事业向着前途辉煌的“金光大道”迈前。

欢呼声中，当然也有一声叹息，我也相信，从此以后，路氹的小村风光、海傍湿地、黑面琵鹭，将成为我们澳门人一页美好的回忆。

经济向前进的巨轮当然地碾碎这少数人的失落与叹喟，但当失去的这一切是环境、土地、历史、人文等不可再生资源的时候，我们是否该问一句：经济效益是否就可弥补这一切？

无可置疑地，赌业将成为越来越多澳门人安身立命之所在。失业多时的中年人，也许他们心里正盘算的会是这些赌场、酒店越大就越好，谁都希望能在当中找到一个位子，好养妻活儿。至于什么生态心态的问题，简直就如公子语穷人“何不吃肉糜乎”一般的天方夜谭。在一片反对年轻人辍学当荷官的声音中，日前也有“一群家长”在本报“议事亭”栏目中说：不反对儿女中学毕业后去赌场工作。

每一个人都有自由选择职业、前途的权利，既然赌场是有牌经营的，那么，当一名荷官也不是什么令人赧颜的事，何况人工比一般打工仔高出一大截，父母让子女当荷官也就一点也不奇怪。

但假如进行一个问卷调查，访问对象是那些曾长期在赌场工作的员工，就会知道，他们十之八九都不会愿意子女再重走他们的路，他们宁愿死慳烂挨，让子女出外留学，甚至远走高飞，总之是“生不再入赌场”就是了。

理想主义者或会说，年轻人大可以进赌场做几年，待还清什么贷学金，又或者家里经济稍为好转，那时再去读书或转行，岂不两全其美？

问题是，到那时候，又有多少个贤良淑德、通情达理的女友、妈妈甘心在背后做重新捱穷的女人？

即使是大家都肯再重头挨起，请问，澳门又有多少行业、机构能让他们看到从低做起、努力拚搏就有前途的希望？

我想，在这当中，最感难为的是那一群无所适从的年轻人了。

2005.3.19

不要冲动

4月中旬了，去年这个时候，曾有同事对我说，好想去日本看薰衣草，看资料说4月是最美的，后来没去得成；前两天再跟她聊起这事，她说改计划去韩国看吧，哪里的薰衣草都是一样美的。

是啊，哪里的薰衣草都是一样的，但看风景时的心情却是每个人都不相同的。日本的风景是美的，但想到住在里面的是时时刻刻都想着占了人家的地来种自己的花的人，那就大煞风景兼很可怕了。

这情形就像一个有了一个横行霸道的邻居，他不但觑觎别人的家底厚，还时时刻刻想挪占属于人家那部分的平台，你说该怎么办？

假若这个邻居是一个黑社会大阿哥，家里有打手，手里都拿着枪，那我就无话可说，只能忍气吞声。但我会把我家四周都加上牢固的铁栏，时刻防范他的进占；更有可能的话我会瞅准机会记下他所干的坏事，向警察告发他。所以就算他的老婆在露台上种的花花草草如何名贵如何美丽，我和我的家人都决计不瞅一眼，以免让她得戚、让她有了话题。

薰衣草是无辜的，只怨她生在日本这个恶霸之家。正如邻居的老婆孩子本来是没干坏事的，可因为家里那个话得事者坏事做尽，臭名远播，致累他们同遭鄙视。可是她又不能跟恶霸离婚，因为她长得很美，恶霸也很爱她，她要是说离婚或逃走的话，那她肯定会被追回来打个半死。所以她的偶尔几句不满，却如水过鸭背，不起漪涟。同样，恶霸的儿子长得太像他爸了，所以在学校遭人杯葛，只能和同样欺压同学的小霸王混在一起，渐渐也就变得跟恶霸一样面目可憎。

君子有所为有所不为。当日本人对着我们指手画脚的时候，我们大可当是看小丑表演；但当他们“沐猴而冠”对我们龇牙咧嘴的时候，我们为什么不给他泼杯冷水或赏个巴掌让他清醒清醒？我们也不必动气，跟畜生是不必花口水的；我们也不必动手，先动手先理亏，况且跟畜生打交道不必用蛮力，一定要用人类最厉害的武器——智慧。

2005.4.16

完美

忘了是在哪本书上看到这样一句话：婴儿一出生就哇哇大哭，是因为他知道这世界难如人意。

我一直深信这句话。所谓“完美”，只不过是人们在无法做得更好的情形下的一种安慰和妥协。完美，是没有界限，没有上限的，即使是“此曲只应天上有，人间那得几回闻”。但还是由人做到的，可能下回听到的会更好。技术越好，进步的空间越大，正如苏格拉底对柏拉图所说的那样，当你知道的越多，会发现不知道的更多。而当人们向着完美飞奔的时候，他们已陷于无法企及完美的痛苦深渊中。

以艺术家追求完美的性格，注定了陈逸飞的悲剧。

写作的人总认为文字是最好的表达方式——“让我讲给你听”；绘画的人若要他用言语解释创作分明是在为难他了——“你自己看呗”；能游走于不同创作领域的艺术家，只可说是天才，又或者是源自一份对完美表达的执着追求。在陈逸飞眼里，无论是他设计的别墅、他精挑细选的模特儿、他落手落脚制作的《理发师》，每一个角度无一不是美的构成，就像他笔下的每一幅油画，都值得他一而再地反复修改，以达至心目中的完美。

我对陈逸飞之死感到可惜，只因为在中国，能像他那样可以把艺术与商业平衡得如此出色，两方面都取得完美成功的，实在是十分罕有。绝大多数的艺术家或科学家若不是不食人间烟火般不近人情，就是成名后却淹死在官场商海里。

也并不是说陈逸飞很长袖善舞，但他对艺术上完美的追求，令他的创作形式不断变化，这令他的作品充满新意，也充满生命力。在商业角度来说，用心的创作就是价值所在。但这些创作上的热切追求是以艺术家本身激情的燃放为基础的，所以陈逸飞过早地耗尽了他的生命。

所以，这世界上没有真正的完美，完美的追求是无穷无尽的。追求完美，只会使我们痛苦不堪。而且，上天也会妒忌的。

2005.4.30

龙华

小朋友要做小组功课“澳门最有特色的地方”，各人一致推举龙华茶楼，不知道为何他们会这样想？应是从传媒早前大肆报道中得来的印象，很多时，我们以为小朋友不喜欢看报，实情可能是我们以为他们不感兴趣所以不拿给他们看，所以他们真的就没有这种习惯了。

翻出 4 月中到龙华茶楼趁热闹时拍下的相片，浮现的却是另一个龙华，那天我们身处其中却未能领悟的龙华。

相片的一个重要作用就在于此，它让人有了一个时空距离，好让我们尽可能客观地看待事物。

那天到龙华时，是星期天的中午，“人声鼎沸”“熙来攘往”说得一点也不过分。站在那儿十分钟也没人来招呼，只好随便找个位子，可一摸卡座都是黑尘。没办法，走到德哥面前投诉，德哥一直保持着微笑，不过，似乎笑中有点无奈。他建议我换到离马路远一些的卡座坐，末了，他补了一句:“你只是来影相的罢？”

不知是否那天来的多是“搞搞震冇帮衬”？连一向好脾气的德哥也有点微愠的样子，但又不能发火，毕竟这种闹哄哄的景象多年不见，“其门如市”不正是做生意的所期望的吗？只不过，这时候来的大多是凑凑热闹而已，真正的生意实惠又有几多？还有，热闹过后又会怎么样？这时已昏头转向的德哥，会否有点怀念往日清清静静的日子？

那天我们坐到两点多，人客都走光了的龙华，才露出真正的面目——仿佛凝止在某一时空，包括那块庆贺龙华开张的仍然黑漆漆的牌匾、包着普洱的竹壳上的厚厚灰尘、一份报纸看了半天的中年男人、一盆结了红白黑累累桑葚的桑树，一切都仿如一个凝住了的梦，只有那个小男孩咭咭笑着跑过卡位的时候，人们才又重新会动起来了。

或者，只有当昔日的龙华茶楼要卖也没人感兴趣，守也没力气守下去的时候，她才成了我们寻梦、发梦的地方。6 月重整后的龙华，我很担心她会否变成令人倒尽胃口的风月徐娘？

2005.5.27

出位

近期最出位的事情，除了那个“巴士阿叔”，其实还多着呢！

据知最新的八闻是，有人不甘寂寞，在网上翻出年前香港机管局的投诉电话，一个对接听投诉电话女职员恣意辱骂的“贱叔”，以证明有人比这个“阿叔”更癫更丧。

奇怪的是，翻此旧闻的却是毫不相干的人；毫不奇怪的是，两件八闻都出自同一个网站。

不过，更出位的还陆续有来，《香港生果报》发挥“每事问”及“问到底”的精神，终于从一千七百万茫茫人海中揪出了这个“巴士阿叔”，连篇累牍三大版相关访问报道。真是谁比谁更癫更丧？真是天晓得！

如此说，丝毫没有妒意，更谈不上一丝佩服，只是感到悲哀。张爱玲说“出名要趁早啊”！在现今社会，人海茫茫，要出头谈何容易；“出位”似乎倒是一条名成利就的捷径。

于是，人人想尽办法博出位，哪管出卖了自己，哪管什么公义、道德、原则、底线，哪管报刊是什么公器不公器！

只要有名有利就行！活在这样的社会里，不癫不丧，才是奇怪呢！

我很疑惑，这个报纸上的玩世阿叔，就是巴士上的愤世阿叔吗？他写的书你看过了吗？他的“战绩”有谁曾目睹？一千七百万人海中的一次巴士偶遇，我可以相信“信是有缘”；

但接下来把它放上网，放出声气，马上推出T恤杯子匙扣手带之类产品；再下来迅即挖出一干相关人等，上几版报纸到电台做访问……一切都来得太快太神奇！就像是一项经过事先精心铺排，然后按部就班地逐一推出产品的商业运作。一切都还没有完结，某报纸的几大版报道只不过是其中一步棋罢了。我们都被利用了吗？不可以这么说，因为我们都是自愿上钓陪玩的，而且看得津津有味呢，不是吗？！

但是，我们却付出了沉重的入场费，当中包括我们的是非价值观的歪曲倒颠，我们对原则的信守和坚持，我们对下一代言传身教的瓦解崩溃。

你会继续陪佢癫陪佢丧被佢继续玩吗？

2006.6.2

进退间

在大学学美术史时，有个同学跟我嘀咕，她说越想越觉得两千多年前的人类相比现在的我们似乎聪明得多呢。我说，那又有什么奇怪的，两千年的时间在人类的历史上不过是一瞬间罢了。以人寿百年来看世界，我们当然觉得这世界日新月异，总以为自己如何改变了世界，但放在整个人类史上看，谁能说清楚现在的我们，是进步了还是退步了呢？

二十年前，当电视开始普及到千家万户的时候，不是有人忧心忡忡预言新闻报纸即将消亡吗？到现在，相信还是难分轩轾吧！当电脑成为家庭用品的时候，同样也有人兴高采烈地预言报纸将于五十年后消失，我却相信走着瞧吧！

几天前看新闻说，专家经过四年的研究，发现以目前的生态状态来看，卅八年后，我们将会没有海鲜可吃了。

不知道“没报纸看”与“没海鲜吃”哪一样对我们的生活影响大一些？饿着灵魂与饿着肚子哪一样后果严重些？照纸上数字计算，我们可能在饿死前还是有报纸可看的。因此，我一点也不担心报纸是否会消亡的问题，虽然它跟我的生活太息息相关。

聪明的史学家从不对百年内的事情下定论，因为谁可知道它到底真正完结了没有呢。“流芳百世”与“遗祸千年”这样的事情，在历史上可真是太多了，短视的人类又怎能一下子看得一清二楚？譬如电脑的普及使用，谁又能真正清晰地看到它对世界到底产生怎样的影响?

电脑的普及，让我们高呼“无纸时代”的到来；然而，在纸张方面的节省，就是真正意义上的环保吗？围绕一部电脑，我们要不断生产和购置更多周边产品为它服务。废纸可以回收再用，废机却成了新的环境毒瘤；电脑提高了我们的工作速度，却不见得我们多了时间回家休息；我们学会了快速地打字，却渐渐淡忘了双手的写字功能；电脑为我们储存及提供更多的资讯，我们却更努力地把它们打印出来成为废纸；电脑的发明本意是为了解放生产力，然而我们当中谁不是为它牺牲着越来越多的资源、金钱、时间、精力、生命？又谁能肯定知道电脑的出现令人类的生活进步了还是退步了？

2006.11.4

包公

“包公”这个话题近期很热。

比如内地新建了包公纪念馆，包公大概也没想到死后几百年，还有人为他建起那么豪华的纪念馆，比他生前的宅第要豪得多，不怎么了解历史的小朋友，不知道会不会在参观的时候，对号称“最清廉的”包公有所疑惑？

曾经在十多年前在港澳掀起过“包公热”的台湾演员金超群，准备在内地重拍包公剧集。生前严禁家人以其名义谋利的包公，死后却让人们以各种各样的名义赚到盆满钵满。我相信最让包公死不瞑目的，是现在内地为了建一个包公纪念馆，却让他在九百多年后身首异处。月初看过一个关于包公陵墓的追踪报道才知道，其后人一直以来拜祭的包公墓是一个虚墓；更离奇的是，当上世纪 70 年代考古挖出了真正的包公墓之后，包公的头颅及部分骸骨，却随着当年受托保管人离世，下落成谜。主持人的结语耐人寻味，他说，经过这么多的经历和教训，人们发觉最可靠的还是老百姓自己。

我想起了包公的“夜审乌盆”，包公用尽了各种合理及“不合理”的方法，为的是彻底查明事件真相。我想起了包公的“打龙袍”，以天下为公，以人民福祉为重，还有什么不可为？！我想起了包公发明的狗头铡虎头铡龙头铡，贪官污吏尽可铡之哉，这是需要多么大的勇气和智慧。

在中国历史上，与包公齐名的破案能手，还有一个刚正廉明的“狄公”狄仁杰，这是一个连骄跋的武则天也对他忌惮三分的人，甚至有荷兰人把他的破案实录《狄公案》翻译介绍到欧洲去。中国历朝历代名臣不少，但中国人似乎特别钟情包公，是否因为包公生于朝野尽皆奢靡、统治者昏庸无能的宋朝？

我相信，公论自在民间，公道自在人心。

2006.12.15

自我感觉良好

2007年，我搬了新居——因应副刊版面的改革，“花语”由“意到笔到”搬到了“声色点击”。

问心那句，以前在旧栏目，与诸位前辈共处，感觉是很紧张的。自忖意浅而笔嫩，所以很努力地把这两年的写作过程作为一种磨练：磨练文字，磨练眼光，磨练思维。间或亦有应付之作，但大多是用心制作的，希望读者能容忍我的“食塞米”——写作上的天分似乎已被证实是极度缺乏，只得继续努力好了。

今年搬到了“声色点击”——并非上楼，只是换了一个会所而已。凭我以往所感，那是一个属于年轻一点的所在，不单单是年纪轻，思想也年轻。

这说明我还“未生埋脑囟”？还是思维仍有那么一点点锐气？都是一厢情愿地往好处想，但愿如此。有时做人似乎不必太认真，只要不是自我欺骗，自我感觉良好有助生活愉快。

是的，自我感觉良好就好，正如这个假期的旅行一样。

圣诞节后元旦日前，有几天的假期要消费了去——又是消费！

想到“消费”就想到“付出”。对于我来说，付出，并不仅仅指使钱，更多的是精力和时间。如此一来，在家里昏睡它几天几夜似乎是最不须成本付出的休假了。然而，可能吗？我曾想过如此度过这三天的假期，不过，回到家里瞥见那一堆的文件夹（功课），再想到可能要每天半被迫地坐在电脑度过这个假期，我马上就有想逃离的感觉。当心里还有这样那样的事情放不下的时候，放假，只不过是换了另一个地点上班罢了。所以，我选择了自我感觉精力付出最少的旅行方式——自由行。

本来，自由行是需要事前做足准备功课的，不过，也许是太多事情比它重要，也许是我的普通话自我感觉良好，也许是我的体认里一个成熟的旅游城市是可以让游客通行无碍的；我和儿子就在自我感觉良好、毫无准备、地图也不带一张的情况下，搭上了去台北的飞机。

2007.1.4

猪肥屋润

今天是猪年初一，终于让我遇上了在年初一见报的大好日子。恭喜“猪”位读者“猪”事如意，“猪”肥屋润，“猪”圆玉润。

月初时看一些内地农村准备过年的图片，有几张拍摄是村民宰肥猪过大年的，肥肥白白的超大肥猪，热气腾腾的炉灶，喜气洋洋的人们，可见“猪肥屋润”套用在今天并非完全没有意义。笔者小时候在农村长大，家家户户长年都有养猪，可是只有年终那头大肥猪才是真正属于自己家的。卖掉半爿猪就有了钱过新年了，另一半是自用的，自家做的腊肉腊肠腊猪手、卤味、一年里并不很多次的猪肉汤，全都有了。有了钱有了油水，人也丰润了似的；办好年货，家里也添了新年的气息。尽管现在什么都能轻易买得到，可是也少了那份养肥猪过肥年的期盼和雀跃。

说到猪，就会连着一个肥字，说到贪吃，就会连上一个猪字，于是就有了馋猪之称，却没有馋狗馋牛之类说法，似乎十二生肖之中就数猪是最贪吃的了。价比黄金的法国黑松露菌，据说就是只能由贪吃的大黑猪才能嗅到其味并拱出来。不过，猪类总的来说都是因着一个“贪”字累事，因为贪吃而肥胖而形貌臃肿，因为贪吃暴胀而更快让人宰了吃。可见猪的贪最终是害了自己。

澳门去年末也宰了一头贪婪的大肥猪，其贪婪及大小通吃程度，在目前来说可谓空前（是暂时未发现更贪婪的）绝后（希望如此）。这名大贪按人们对他的认知，待人接物总是热情厚道，真可谓形容为面懵心精，致令人们以为他是大傻猪，其实却是我们当上了大傻猪。按眼下公布数字这头大贪猪已到手的肥肉，若然好像乡下人过年那样太公分猪肉按人头一份的话，那么澳门人也真的应了这句“猪肥屋润”了。不过，这些肥肉是贪污的公帑，若然如此均分，那么我们也就成了共犯了。

所以，猪年里祝大家当上快乐的傻猪猪，不要做贪嘴的馋猪；要做识得拱到金矿的叻猪，不要做面懵心精的大贪猪。

2007.2.18

折堕

不知从未踏足大小新旧赌场的澳门人有多少，但愿越多越好。我信奉“唔赌即是赢”是真理，以前老妈在赌场做过事，见得太多烂赌师奶的例子，对“赌”字极敏感，生怕“一失足成千古恨”。

这样说，似乎危言耸听，未曾亲见的当然不相信，亲历过的也不会对旁人津津乐道。于是乎，澳门才有每天人潮如水、前仆后继送钱入赌的“繁荣”。

各种赌的后遗症中，最令我心惊肉跳的，是那些被烂赌阿妈“遗弃”在赌场外的细路。烂赌阿妈几日几夜“磨烂席”，跟电话亭机架差不多高的阿仔每天守在电话亭旁，专心守候偶尔掉下来的一个两个硬币，候够了十元八块，当日的饭盒才有着落；乞钱也不敢走得太远，生怕不知什么时候阿妈猛省过来，走出赌场看不见他，那如何归家？亦有烂赌阿妈赌债肉偿，剩下阿仔在托儿所一年半载望穿秋水不见亲人。《父子》的情节并非限于电影里的催泪煽情。

按我这个师奶的个人道德标准，那个让阿女带女儿入赌场的阿婆可说是为老不尊，带女入赌的阿妈简直不知所谓，让未成年少女入了赌场还要满载而去，只能叹句“折堕”好了。

我们都不是法律专业人士，该不该发彩金给擅入赌场的未成年少女，特区政府及赌场自有其根据，非我等单从道德及良知角度可以评判。期望少女阿妈不要彩金或捐作慈善的人，是天真幼稚到加零一，不过亦反证这等人绝非赌场常客，不然不会不了解赌仔心态。我可以乐观地肯定，即使澳门政府及赌场坚持不发出这笔彩金，这个阿妈一定会一赌再赌，因为她已决心要赢番比彩金更多的彩金，她自信女儿有这个运气，她也会有的。而且，若是舍得捐出这笔钱又或储起成学习基金、识得想到以后不踏足赌场的话，那么，一早就不会发生阿妈带未成年少女入赌场、赖死要彩金的事啦！

所以……通通都是废话，这个世界真折堕！

2007.3.21

反智教材

在广府话里有一个词叫“恶搞”，意指某件事很难处理；现在的普通话里头也很流行这个词儿，不过意思有了很大的变化，是指有意把事情弄至相反方向，或者是故意出个难题给人家。香港中文大学学生报五期情色版的引发社会争议，将之归咎于因为想“恶搞一番”终致现在的“恶搞”局面，不知当否？

这几天，看看各种不同面目的报刊各说各话，努力讨好自己的读者，更有人在网上发起要求香港有关部门审裁《圣经》，就可知道这件事的“恶搞”程度。

香港人就有这个本事，只要有一个人敢站出来叫板，后面马上就有一大群人附和，“执输行头”是最冇面子的，哪管它是否盲从。最典型的例子就是排队现象了，只要某人或某报说某处餐厅好，就有一大棚人不惜排几乎一个钟头等吃一餐匆匆忙忙的饭；到下次介绍说另外的某某好，大家又呼啦啦地跑到那里排队去了。

因此之故，这样的社会培养出来一种现象，就是无论如何都要出名，哪管用什么手段！各类杂志更是语不惊人誓不休，因为“惊人”，所以才有销量，内容倒成了次要的事情；因为“惊人”，所以吸引猎奇者追看，角色定位被置之度外；这样的文化培养的读者催生了更多这样的杂志，形成恶性循环。

不是说大学杂志就不需要销量也不需要吸引力，相反应是读者越多，宣传的效果就越大；大学是研究学问的地方，大学杂志的吸引力应来自其理论性、科学性、权威性。大学生早就度过应该进行性教育的年龄，在大学杂志里“进行性教育”，只能说明教育制度出现漏洞。大学杂志该做的应该是探讨性教育在何处出现问题，社会该如何具体补救的问题;至于可否“人兽交”、“乱伦”的设问，相信无须接受什么大学教育，只须站在“人”的角度，不必研究，早已有权威的答案;大学杂志有此设问，只能将之归类于跟“父迫女乱伦”的社会异象一样，是最好的弱智及反智的反面教材。

2007.5.18

国宝奇遇记

国家贺赠香港回归十周年的大礼，惊喜一浪接一浪。首先出手的是 QDII，股民盆满钵满；再送上一对精灵可爱的盈盈与乐乐；再来奉展“国之重宝”，从物质到心灵各层次一一富足。香港人，真是令人羡慕得无话可说。

在股海无力执金，加上已有了一对熊猫眼，因此之故，我只对《清明上河图》有强烈兴趣。趁有一整天的假期，专程蹈海去寻宝。

一早就从网上探明国宝展门禁森严，限时限刻每人只可看上五分钟，讵料当日还是碰个一鼻子灰。话说原来《清明上河图》专厅专展，网上预订门票早早已爆满，只余少量即日门券，当天的门票更已于开馆一小时内卖完！那么，买明天的吧，却又不行，规定只售即日门票！

真是岂有此理之至！分明就是要阻人入场嘛，却论理无门。无可奈何之下，唯有留宿一宵，明天请早吧！

第二天的 7 时，我已踏足香港艺术馆，但见两列人龙默然静坐，我马上一个箭步加入。坐坐（铁马栏杆的脚）站站（两寸高跟鞋）睡睡（6 时从新界坐巴士出发）至 9 时，啊！终于票房开门了，回首后来者，人龙已围成了六圈蛇饼！

我们像蠕虫一样，以卑微的姿势向着票房缓缓蛇行，还得忍受每隔十分钟冲击敏感神经的一把大声公传递的女声说：几点几时的门票已经卖完！当大声公说还有一百五十张门票，我开始绝望之际，有一位“仁慈”的胡须叔叔出让三张即场门票！我毫不犹豫地“抢”下了其中一张，马上把我的位子让了给他。保安说，这情形从未发生过，真是天可怜我！

当我步出艺术馆时，一名排在我后面十来个位子、十分留意我（的衣服）的香港女士以羡慕的语气告诉我，她已是第二天来排队的了，看来明天还要更早点到才行。她还告诉我，那名胡须叔叔也买不到门票呢。

但愿那位胡须叔叔好人有好报，能于六十年后再与国宝重逢；更愿上河盛世再现，天下清明。

2007.7.23

太热了

日前游南沙，看到从前一片水塱原田，已全部变一座座仓储厂房、商厦、别墅等等建筑群。本来应是吸热生风的水田，变成反射热力的玻璃积木般的“荒郊”，摄氏卅六度的柏油马路上一个人影也看不见，飞跑着疏疏落落的房车；被炙得无话可说的人们，坐在喷着冷气的车内，仿如跋涉在撒哈拉沙漠上。

是的，沙漠的感觉！要感受的话，不必到非洲去了。7 月的亚洲、欧洲、美洲，哪里不是被热浪炙烤着？三年前听朋友说到威尼斯参观艺术双年展，三名在热带澳门土生土长的大男人，去到著名的水城，竟然热得每天下午不敢出街，泡在浴缸里养命。其他地方可想而知的了。看看今年的意大利、英国、西班牙的气候吧！从来没有装冷气机概念的国度，热浪一来，几乎成了没顶之灾。这边厢的一下子就能热死几百个人，一下子国家山脉山火延绵，另一边却山洪泛滥，过万人被迫迁离。你只能叹口气说：疯了！疯了！

从阴谋论来看，上帝要人类灭亡，就先使人类疯狂。新闻有说，苏联趁着冰原融化，以极速派了两艘潜艇去到北冰洋，既进行科学勘探，看看石油的储藏量有多少；同时进行主权宣示，放下一面太空金属做的苏联旗。美国、英国、荷兰等周边国家的反应比起救灾当然要快得多，马上促请联合国关注北冰洋的权属问题，事关大家都知道海水下面就是可燃烧的油原嘛，石油呙，谁敢执输？谁肯执输！

所以，我相信上帝首先安排全球暖化，致令冰海消失，海水下的石油当然予取予携了；当地球人热得只能躲在屋里狂开冷气时，石油消耗当然大增，然后各国加速吸取原油；然后，当那一天到来，地球最后一滴的石油都被我们烧尽了的时候……不要紧张！原来科学家已经成功研发出另一种更新的能源代替石油了！

只是，不知道我们还有没有命活到油尽钟响的那一天？没有的话，那就罢了，反正，这个世界越来越不像人活的了。

2007.8.5

生之无奈

马力离世，叹息声集中在他的英年早逝。

以马力的资历：长期担任民建联的秘书长，现职《香港商报》副社长，现任香港立法会议员、香港区全国人民代表大会代表、民建联主席。人们都认为，以他长期深入接触及了解香港政坛人事，事业与仕途一片锦绣，谁又料到前途似咁？有评论说，马力在得知患上癌症之后，曾想过退出香港立法会议员的选举，但时势却是骑虎难下；担任了民建联主席后，本来应该尽量多休息的人，却要更频繁地为大小公事奔波。在公与在私之间，马力选择了前者，亦不由他不选择前者，有时候，我们的生命并不单单属于我们自己的。

我被最后这一句话所触动，假若世上真有人能真正只为自己活着，这个人一定是一个极度自私的人吧。学生时代，我们要为父母师长活着，拚命死读书，因为自少父母教导说读书才有出路，才有能力奉养父母；年轻时候，我们拚命工作，因为这样被上司赏识，被同事敬佩，才能在茫茫人海冒出头来；人到中年，更是一刻不敢懈怠，为房子为孩子，就连放假都要跟在孩子屁股后面。像马力这些身兼家国重任之人，更是需要有殉道者的心态才能真正完成重任了。

假如我们说“不！”那其实也没有什么的，这世上也不乏这类人，不过，我们不要忘记，人生的欢乐回忆，有多少影像里没有别人的影子？须知道，没有完全不需付出的收获啊！生命的夭寿，真的不由人掌控；但人生的内容，却是可由人添减。有些人一生总在付出，虽未见得这个地球因此而大大进步，但当大家都这样做的时候，所形成的就是一个正能量的循环；若我们只看重生命的长度，无限需索形成负循环，什么资源也有衰竭的时候。

最完美的，莫过于能在投入事业发展的同时，个人身心也能得到适度的兼顾。不过，这世上应该没有完美，倘有的话，我们就要有为完美付出代价的思想准备。

2007.8.12

落花生

在大马，我有幸与一位老伯伯合照。

老伯叫何祥峰，年逾八十六了，还在吉隆坡的歌梨城餐厅当侍应，是这家餐厅的招牌，皆因他已与餐厅共度了四十六个春秋。

歌梨城餐厅与老伯可说是大马华人的一个写照。该餐厅开设于1921年，当年由福建华侨一手一脚开设，到现在已是传承至第三代。歌梨城餐厅曾经是（现在还是）大马最出名的西餐厅，到访马来西亚的外国元首都曾到该餐厅进餐，一如常见的招牌做法，餐厅墙上贴满一帧帧留念照片。进餐厅后，游客会看到白发鬼佬斜躺在沙发椅上煲烟，超高的楼底加上铜页吊扇、周遭老式的刻花墙镜、钉铜牛皮沙发、水磨石木面柜台、磨砂玻璃门后镶铜绲边的木楼梯，恍若隔世的画面，真比《2046》更2046。

何伯在临走互道珍重时，小声跟我嘀咕说，曾经分店遍布大马主要城市的老餐厅，现在只剩老店在撑持着。不是没有生意，而是因为后生一辈对做餐厅不感兴趣，而且每年盈利都被瓜分一空，既不作装修亦不作扩充，前途堪虞。何伯边说边摇头，一副忠仆模样，却猛然令我想起，这情形，与澳门部分苟延残喘的老铺何其相似。

何伯的人生何尝不是充满传奇？十三岁那年，何伯为避战乱跟随亲戚到了大马，做小生意、开餐厅、搞照相铺、办面包厂，活脱脱是海外华人艰辛奋斗、自强不息的缩影。一如东南亚很多国家的华人，通过长期奋斗，开创事业，甚至掌握社会经济命脉。历经几多寒苦，如今有梅花扑鼻香。

曾经占大马总人口四成的华人，现在已下降至二成六，原因亦是“养大一个细路要四百万”之过。大马人二十岁左右结婚生育，而华人女仔大多过了三十岁才结婚生育，而且越来越不喜多生育，让大马华人社会感到忧虑。

最令人感到欣喜的是，在大马，绝少发生歧视华人事件，而绝大部分华人已把大马视作家乡，落地生根，融为一体。

2007.9.23

愿祖国强盛

讲到马来西亚的华人，令我想到位于吉隆坡市中心的“黎明华文学校”。黎明学校毗邻五星级酒店，校舍以典型的马来屋式样建成（但没有造吊脚），鲜明的橙红色屋顶，多座校舍错落有致，占地宽敞，守卫严谨，从马路望过去，甚至比邻侧的酒店更瞩目，可以想见当地华人甚为重视教育。

马来西亚实施中小学免费教育，国民教育程度很高。接待我们游览云顶的余小姐说得一口流利普通话、马来话及英文，因工作需要，粤语亦说得上合格。她告诉我，大马华人基本上入读华文学校，接受三种语言教育；年轻一辈大多有机会进大学深造，然后待事业稳定下来才考虑成家立室。

以港澳人眼光来看，大马华人相对保守，从夜生活亦可见一斑。有晚，我们到吉隆坡一家酒吧见识见识。这家粤音为“郁”的酒吧位于双子塔附近，入内的绝大部分是年轻华人，适逢周末，人头涌涌，名车堵门；但女仔都穿得如邻家女孩或者饮宴模样，音乐虽劲，但场面太过斯文。大马的夜生活相对泰国真是有天壤之别，所以，泰国会较受追求轻松玩乐的港澳及欧美游客欢迎，大马虽然有人才，但旅游业未能蓬勃发展，相信这会是重要原因之一。不过，一个国家过于倚重旅游业，所带来的社会冲击未必是大马人所能接受的。

大马华人既融入当地社会，亦坚守华人传统，满足于平淡而安然的生活；最令人喜悦的是，似乎从未听到过大马有排华事件发生。这既与华人是当地多数族裔有关，亦与他们能体认自己的马来西亚人身份，并投入当地的社会建设有更大关系。

华人遍布世界每一个角落，离别故土，为的是找寻美好的生活。既然他乡找到了自己的一片乐土，无妨他乡是故乡。只要有日益强盛的祖国作他们的坚强后盾，即使走到天涯海角，海外华人都将会牢记自己是龙的传人。

明天就是10月1日国庆日，祈愿我们的祖国泰而盛、富且强！从此不再重演百年前人民流离异乡的伤心画面。

2007.9.30

你今日饮咗未

未知是否受坊间流年预测明年是“盲年”的影响，近期接连受到“红色炸弹”的袭击，连两名表弟亦加入战团，两兄弟都赶在新年前结婚，搞到月来两番家族大联欢似的。

我因为工作的缘故，四次喜宴只能吃到尾祃。说出来，似乎令人侧目：小职员一名而已，亲朋一世人一次的喜宴也不能出席，那么日理万机的岂非连饭也没时间食？

事实果真如此，其中一次是同事间两个只能去一个，顺理成章，我这个本来要做替班的就要替到底了；另一次是同事的年度家庭旅行突然改班机，那么吃饭的好应让路给旅行的了。第三次礼到人不到的是要返学，因为缺课的额度已用尽，去了吃那一顿饭就要重读了。重读与面子攸关，自己的面子还是要爱惜的。

去过朋友婚宴的朋友后来告诉我，婚宴上，当新翁的整晚拿着一个喜封四围巡，大家都在猜他，若不是要提醒人家他才是婚宴主人翁，就一定是想告诉后生仔：天下没有白吃的晚餐。

结婚，当然是喜事一桩，不过，最高兴的要看是什么人了。一个月内要搞妥两个儿子的婚礼，最开心的肯定不是我舅父。细表弟的婚宴筹备两年，年头终于落实地点，结果酒席价钱一加再加，差不多一个开才能埋单，千万不要嫌酒楼坐地起价买路钱呢，收钱时经理还抛浪头说，他已经为你推了好几个更大宴席了。双手送上酒钱之余，你还要连声多谢关照呢。

大表弟的婚宴更是失惊无神，晕得一阵阵，一肚苦水，舅父唯有对住我这个外甥女叹气。过年过节，去哪里有地方订酒席呢？一再迫迁之下，唯有挨西餐。老人家说，冷冰冰的吃不惯，少爷们则说若不快些办妥此事，唔结婚事小，要赶住生仔事大嘛！

总之，结婚事小，摆酒事大。花钱事小，人情事大。少爷们的小事，老爷们的事大。结婚，肯定绝不会只是两个不知是否已学懂相爱之道的人之间的事，你我都可能被扯进这趟浑水里。

2008.1.13

吃点别的吧

美国人能够容忍了“小薯头”八年之久，搔掉头发也想不透个中秘辛。就在伊朗踢爆美国人刻意制造海上“突袭”事件的前一天，布什还在白宫前隆而重之地召开记者招待会，实牙实齿地说：“我敢说这是一起刻意制造的挑衅事件，他们（指伊朗）当然说不是！可是，他们不说，我有话要说，这是一起挑衅事件！”初看新闻时简直令我喷饭，如今看来，果然精警——到底是谁刻意制造的呢？

真的越来越看美国不顺眼，身为超级大国，当其国内经济膨胀时，它向外输出的是侵略性的经济，以垄断别国经济命脉为最终结局；在别人的家园煽风点火，打着堂皇民主的旗号把别人的性命不当一回事；当美国经济陷入低潮时，一下子就让世界来个大大小小的股灾。美国好时，着数全都归其所有；美国唔好时，衰事就让全世界承担。看看这周来的股市，看看美国死都不肯签全球减排废气协议，这种厌恶感竟然在这几天达到了每逢听到“美国”两个字时，胃里就冒起一丝丝讨厌的酸气一般。

看不顺眼的还有“萝卜头”日本人，刚好日前澳洲联邦最高法院通过了决议，要求日本马上停止在北冰洋捕杀鲸鱼，真是快意！可惜，这个决议是没有实际效力的，有理由相信日本人还是照样杀鲸而大嚼。所引据的只要一个南京大屠杀就够了——只要能占有中国的资源，恨不得把中国人杀而尽之——

何况是头鲸鱼！

猪年将尽的时候，我还是被斩到了手指，不是戒赌，而是贪吃之故。为了一己之口福私欲，人类一而再地伤害自己或者伤害别人。回想起鲜血滴满刀柄的时候，指尖似乎还在隐隐作痛。这种痛，令人又再想起了凤凰卫视的“地球宣言”里，那些被捕杀后眼睁睁看着自己血流满海至死，却不能喊一声“痛啊”的鲸鱼；以及被人活生生割去双鳍，然后被无情抛回大海，被其他鱼类撕食却无法游走的鲨鱼。

就从这顿团年饭开始，我们都不再吃鱼翅了，好吗？

2008.1.20

吹皱一池春水

有几多风流，有几多折堕。

当年梁锦松引用此语告诫香港人时，被指读坏诗书；想不到的是，此语最恰当的引用时间，却是鼠年开始的时候。

数近期闹哄哄的新闻，非娱乐圈莫属，从阿娇现身说法“我太天真太傻”、沈殿霞病逝、到陈冠希耷头耷脑说“我不是榜样”，做新闻的真可以用“人仰马翻”来形容当时那些关注及紧张的工作程度。从事新闻工作，最怕当天没有什么新鲜事，亦最怕什么大事都凑在一起发生，同样可套用一句“这是最坏的时刻，这是最好的时刻”形容。

有“开心果”之称的沈殿霞因病去世，香港政界有头有面的纷纷发表哀悼之词，这种“热闹”之情倒是出乎一些人的意料之外，以为是太畀面了。中国人对演艺行业的尊重度向来不够，不过，以敬业乐业角度来论，每一个行业的从业者都应该是平等的；况且，一个每天在吃饭休息的时间里娱乐大众，纾解生活紧张的艺人，其贡献实远大于一个做生意十分成功，却与你我毫不相干的商人。

有这种心态，亦与近期的“欲照事件”影响有关。因为当中的落差太大了，不免会怀疑自己所看到的。其实，偶像的出现，在粉丝心日中都像一轮太阳；但因为有了阳光，亦导致了阴影的出现；这个两极，注定水火不容。最大的问题还是在于我们本身有多依赖这些阳光？所以，不难理解粉丝们在偶像的光芒消散时的失落和愤懑，不难理解那每天忙于自身发光发热的人对此事的冷淡不为所动。

太阳底下无新事。有谁还会记得十年前的舒淇拍过什么片？摆的是什么姿势？所以，到现在还未想透该如何现身的柏芝，最好就趁此风头火势，以极速到“AV的国度”日本，找一队专业摄影师，日夜赶工，拍一辑背景浪漫的、三点尽露的艺术写真集，乘机推出兼复出宣传，保证大卖，并以此“教育”广大不眠不休下载“不雅照片”的网虫们：拜托！要看，就要看好的罢！

2008.2.24

5月的鲜花

看着报纸上半版的捐款呼吁：左边是四川大地震，右边是缅甸风灾——天若有情天亦老啊！

四川人不幸中之大幸，是他们生在如今国力日强的中国。四川于下午2时28分发生地震，晚间新闻中已见到中国抢险救灾部队迅速而有序地奔赴灾区，连日来赶赴四川救灾的解放军、武警官兵、公安民警已逾十万人；总理温家宝亦在地震后四小时到达四川，连日都奔波在重灾区鼓励士气，在总理离开北川回直升机的路上，仍有泥石滚落下来。

记者的镜头一直跟着总理在灾区转，传媒以热泪亲身真切地感受到温总理那“彼溺己溺”的情怀，镜头下的我们，何尝不是深深地被触动？近日报纸大半的篇幅，一半是详细描述军人奋力救灾，一半是澳门人踊跃捐款赈灾。在此，笔者有个不情之请：请澳门特区政府尽速发放那二十亿元“闲钱”，再请广大的澳门居民把这笔“幸运钱”全数捐赠予受苦受难中的四川人民，更请澳门特区政府以等额捐款的方式拨捐二十亿用于赈灾。在是次全国皆感震动的特大地震中，澳门人岿然不动，真乃天赐莲花福地，好应感恩惜福；既然坊间曾为这廿亿的发放喋喋不休，库有盈余，捐钱救灾实属应有之义。

但令人感慨的是，另一边，则有报道说，缅甸早前发生风灾与水灾，死伤枕藉，但缅甸军政府除了不让国际救援组织支援救灾，更截留国际救援物资；近日虽迫于联合国压力而发放救灾粮食，却把国际援助的优质大米换成了发霉大米，派发给水灾灾民。

我好奇怪，国际上那些所谓人权道德的标榜者，为何对今次缅甸当局处理不当引发的人道大灾难视若无睹，听不到有哪个国家出口为缅甸人民争取人权、出手制止缅甸军政府的人权黑幕的发生？反而打着人权的借口，对半个世纪前的中国内政横加指责、对北京奥运强加骚扰？

唉！那些什么ABC、BBC、CNN背后所撑恃着的所谓西方人权、民主，我呸！

2008.5.18

天地不仁

“天地不仁，以万物为刍狗”，圣人早在两千多年前已发出如斯喟叹。看地震中人命的危浅、命运的不可测，岂不惧乎？

仁与不仁，在哲学上是一个相对论；在佛学中，那是一个因果循环。即使近日坊间熙熙攘攘的说某玄学家早就预测到四川有地震，那又如何？难道让这个中国人口最多的省份择地暂迁不成？人类早可以上天，可地震还是不可预测，在大自然面前，只厕身为当中一分子的人类，还是有一筹莫展的时候。

这一周来的初夏天气，竟秋风萧飒，而后阴雨连绵，仿佛也为四川的几万亡魂神伤落泪。更令人伤神的消息是，幸存在地震灾区的川人断水缺粮，虽然近日灾区连下暴雨，可人们却不敢喝山上流下来的水，怕的是那水里饱含亲人们的血和泪。

天地不仁，尚幸人间有爱。澳门人目前所捐的善款虽不致有廿亿，亦已近二亿，全国捐款更是逾百亿；中国人寿说要养起地震孤儿至十八岁，李嘉诚说要为全部孤儿负责供书习学所需。虽说金钱永远无法补偿失去至亲的哀痛，但抚孤善举起码可以弥补另一场灾难——失去亲人失去家园的孤儿，只要有了活下去的保障，有了安定的生活，才会有活下去的信心，方不至于成为日后另一种灾难后遗症和社会隐忧。

上周日与家人茶叙兼为小儿到维也纳演出送行，家里人异口同声勉励小子要落力演出，不要掉了澳门人的面子，同时也教导他珍惜这福气，多多节省零食花费，多剩余下的零用钱拿回来捐予四川灾民。座上几名小侄儿亦不甘示弱，争先恐后说要加码捐零用钱，唯恐落后于大表哥。

那天又谈到认养地震孤儿，原来细佬和细妹已多方打听助养渠道，而我还是懵然不知有此热潮。说来惭愧，原来他们早已各人有自己的助养“仔女”，而且各有数个之多，今次掀认养四川地震孤儿的热潮，我想我不能再落后于家人之后了。

2008.5.25

灾难后遗症

四川地震已过去一个月了，但“余震”还没完没了。除了前两天的倾盆大雨让你想到震区那五十多个堰塞湖为当地人所带来的“有得震冇得瞓”，许多当地数百上千年历史的古老建筑物也在这次地震中毁于一旦，看到那一张张颓垣败瓦的图片，旁边还附有地震前的金碧辉煌的模样，再加上一个欲哭无泪的僧道在旁，除了叹息，你还可以做些什么？就连默默然看着长江水月千年流淌，安然自如的都江堰，也被震裂了鱼嘴，震塌了李冰像。八级地震的威力究竟有多大？除了数字和理论，这些被彻底破坏无余的东西，大概可会让我们增多一些感性的认知吧。

《金刚经》偈曰：一切有为法，如梦幻泡影，如露亦如电，应作如是观。

失去了的，永远地失去了；存在着的，有多少是我们可以恒常永享的？包括家庭、父母、子女、健康、名利、财富，等等。所以，对于网友们E来E去的什么李四光关于地震带的预测、巴西预言者有关世界末日的预言，看过了讨论过了心寒过了，一笑置之了吧，留待科学家们深入研究好了，如常地过好我们的日子好了，在大自然的威力面前，我们又能有多少事情可做呢？

记得当年唐山大地震过后，远在广东的我们，也很快收到了很多政府通过各种渠道发布的预测地震土办法、地震避险方式等资讯，但“电脑”这种便捷的通讯方式，对当年的我们来说，是无法想象的。可惜，在当下，几乎一家一电脑的澳门人却从未收到过来自官方的有关地震的任何一点资讯。是觉得没有这种必要，还是没有这种意识？

既然特区政府不去做这些该做的事情，那么民间各种版本的流言理所当然地侵占人们的视听空间了，人心的混乱因此而起。四川地震，全国各地皆感震动，唯有澳门丝毫不觉，澳门真是那么幸运的一块莲花福地吗？我看并不尽然，科学家自有真正说法，就让我们继续自求多福好了。

2008.6.8

奥运不是梦

时空的年轮进入 21 世纪，龙的传人刚能在世人面前挺直项背，就已迫不及待地要在变幻莫测的世局里呼啸云气。“同一个世界，同一个梦想！”中国人要向活在不同世界里的人们展示：奥运梦，一定能实现！

希望实现梦想的心，总是那么的迫不及待！忘记是谁说的了：“活着就好，有梦更妙。”这个梦，始于 1908 年的张伯苓。1932 年刘长春只身闯进了洛杉矶的奥运场馆，《一个人的奥运》告诉我们，奥运不单单只是体育，不单单是一个人的“我只想跑”的梦想；奥运，更加是每个人心里“更快更高更强”的追求，是中国人立于世界民族之林的坚定脚步。当镜头静止在刘长春立于起跑线上那漫长的一瞬间，如山一样坚定的面庞上，微风拂动着额上的几丝头发，画里画外一片静穆，那一刻，我们想的是什么？影片最后一个镜头，是刘长春奔出起跑线的一瞬间，画面充满了爆发力，充满了期待感，充满了自信心——接下来的历史，应是由 2008 京奥健儿们改写了。

《一个人的奥运》里，面对着祖国的风雨飘摇，姚可秀鼓励刘长春说：不是每一个人都能当上战士，不是每一个上战场的人都能打胜仗——是的，即使强敌如林，我们还是要勇往直前，无论是在赛场上，还是在战场上。所以，每一名健儿都朝着“一定要赢”的目标，使出全身心的力量拚搏。这就是奥运的本义，体育的精神。假如每一个人都本着奥运的精神，中国，总有一天站到世界之巅，高声地说：我实现了梦想！

奥运，当然不只是运动员一个人的梦想。梦想，对于中国人而言，有太多的太多；七年前申奥成功那一夜还历历如在眼前，国人的兴奋不下于两天前奥运开幕夜。七年过去了，我们真的准备好了吗？仔细检点，相信我们还希望能再多一点点的时间，以迎接这一个如梦似幻的奥运之夜吧。

2008.8.10

希望还有下次

北京奥运的成功举办，大概会成为很多大学论文的课题，从体育、经济、人文、艺术，到国际关系，都有不少可探究之处。奥运是个好话题，尤其是发生在自家门口的，好好地总结总结，就是史鉴了。

有阴谋论者谓，奥运是美帝国主义的阴谋，特意扔给你中国一个奥运，让你中国人以为捡着个金箧箩，大发好梦，大搞特搞，然后——结果是拖垮中国经济。

是这样吗？骤听之下，颇有语不惊人誓不休，但稍有留意当下中国经济的，自是哑然失笑。据日前公布的官方统计，京奥投入三千亿，但拉动的经济规模是七千亿，所带来的是约八百亿美元的收益。

设若在2000年，也许有点吃不下，但当下的中国，奥运，正好是一个天赐好缘由，齐心拖动了这七千亿。开幕式上两千零八人的缶阵和活字阵，肯定让外国人看得目定口呆，但自少在中国长大的，肯定会觉得真的不算什么。假如看得深一点，外国人更应惊讶于中国人的服从性、组织力和协调力的。这样的十三亿人，假如全心一意地想办好一件事，所迸发出来的能量，又岂止是一头睡醒的雄狮？只有地球这个国际大舞台才足够这个龙族腾挪奔跃吧！

所以，不必为奥运投入几多千亿而忧心忡忡了，假如那些钱都用得其所；不必为什么真唱假唱而喋喋不休，我们只要听到的是真挚如一的《歌唱祖国》；不必为民族主义高涨而大泼冷水，面对奥运，多大的民族热情都不为过。经济就是拳头，民族精神就是脊梁，国力越强拳头越硬，那就什么阴谋都不堪一击。

希望，再过二十年（或者三十年），中国人能再次在中华大地上燃点奥运的圣火。这不是梦，除了有先例，更讲求实力。许多人以为，今生只能看到一次中国人办奥运，但愿我们的国家能藉今次奥运，直挂云帆济沧海，那么，让十三亿人再次圆梦，也不会是梦了。

2008.9.7

全球同此凉热

一个金融海啸、一个毒奶风波、一个八级烈风，吹得一个澳门街一片狼藉。

过去了的一个星期的心情，就像极了那晚西北烈风下，走在回家的路上，不堪再提。或者，明年再重看这数天的澳门人和事，应该像是三天前我们打开报纸看到的，春光明媚的竹湾泳池，乍变成一潭死水泥泞的那份错愕。

但我看到的毕竟还是一个泳池、一条澳门街而已。想想世界之大，太平洋彼岸一只蝴蝶尚且能在亚洲掀起一阵飓风，今回彼岸卷起的，却是百年一遇的巨浪，怎生抵挡？

或者，此时此刻，大家应该理解到美国德州人的心情，在飓风中只有无望的等待——等待洪水到来淹没一切，等待瘟疫爆发地一同死去。反正，当洪水淹没一切，只身出逃的你，除了满心的绝望，还有什么？

一如世人曾把投资银行当作神咁拜一样，却发现那些受尽百年烟薰火燎的救世明灯，最后竟是泥菩萨过河，自身难保，你从此不再相信这世上有救世主有避难所。买保险的人，最后还得把自己纳税的钱反过来为保险公司作担保，天下大笑话，莫过于此了。

近日有同事告知有专家教路十大妙计，如何在今后的日子里过好紧日子。譬如忍手唔好买衫、多食住家饭，等等，无非是“无事出街少破财”就是了。天哪，这么多年来，我不都是如此过着紧日子吗？然而，没有人能告诉我，这样就能保障辛劳所得的会换来安乐茶饭，或者日渐增值。

放在银行本来是最稳妥的，可是，当一家两家三家银行都出现挤提，你还能沉得住气吗？买股票吧，放个十年八载的，据说长远投资才能增值，可是，当股市一泻千里，市值只得去年的十分之一，你只能欲哭无泪；买人寿兼储蓄保险吧，不求发达，只求自保，可是，一百五十年的老店说倒就倒，谁能担保谁?!

办公室里，高谈阔论最潇洒的，都是赤条条来去无牵挂的；都说人到中年百事哀，上有老下有少的，这年头，真不让人活了！

2008.9.28

有瓦遮头

人大两会正在北京召开，各地人民代表一年一度赴京城汇报工作、反映民间疾苦，看现场直播时，温家宝总理忧戚满怀地表示要尽力搞好民生各项问题，镜头扫到相关的代表都正襟危坐，或有所思。

据说今年两会的焦点之一是房价问题。那边厢，低下阶层说买不起房子，中央说要遏抑楼价；这边厢，中山一个豪宅楼盘近日开售，看广告内容，卖点除了是够大（细单位面积过五千呎，大单位面积近万呎），还够豪（建在万呎市政公园里）。国情落差之大，除非世界末日降临，否则只令人慨叹这世界太不公平。

古老智慧教导我们，做人要知足，所谓“日求一餐，夜求一宿”，不过是满足生存最基本要求而已。但环看中国，未能达此生存基准的却大不乏人，所以温家宝总理这几年的新年希望，仍是要解决十三亿人的温饱问题。“日求一餐”尚如此难搞，“夜求一宿”呼声虽高，相信仍不会是短期内能解决得了。

万呎豪宅里住的是谁不是重点，豪宅能建在万呎市政公园里才是问题所在。公园是公共资源，无论住亿万豪宅的还是露宿街头的都有权利进内享受，如今一旦成为豪宅“周边范围”，无疑变相剥夺穷人免费享受阳光与草地的权利，“乞儿兜里抢食”，孰令致之？是急功近利？是地方贪腐？还是法治漏洞？

要求“有瓦遮头”并不为过，纵容毫无止境地贪婪掠夺公共资源，才是社会贫富不均的根源。我们可以承认，这个世界从来就不会有绝对公平，从降生落地那一刻，每一个人都已在不同的人生起跑点上，所以结果亦不会一致。但政府管治的权限之一，就是保障在现实生存的竞技场上，大家都必须遵守同一游戏规则，才会有一个相对公平的结果。所以，与其关注于问题末端的房价能否压抑，倒不如解决源头的国家土地资源被损公肥私、贪腐横生的问题。

2010.3.7

剩女的幸福

这个星期每天都在追看《蜗居》，白天看不完的段落，晚上放工后再续。终于可以理解为何这套剧集在内地首播时掀起热议。

看着女主角海萍，一个在大学读化学专业的大女人，从“恐龙”（大学数理化专业女学生稀见，故尊称为恐龙）蜕变成一名彻头彻尾的“泼妇”，只因为一所房子之故。未一心一意“一定要买房子”前的海萍是可爱的，爱在丈夫面前撒点娇之外，在妹妹面前十足慈母，女儿出生后为了省点钱可以“两年都未再买过内衣裤”，在公司还是一名“百事通”式的大姐。这样一个近乎完美的女性，与同样出色的丈夫却无力凭学识和能力，在都市里为自己营造一个小小的安乐窝。看到海萍为了让丈夫向父母要四万元凑首期，周末的早上把丈夫从被窝里风风火火地扯起来，狠狠数落了一顿后再黑着脸逼他出门的泼妇面孔，教人惊叹生活的风霜如何悲剧地彻底地改变女人的脸孔。

海萍的妹妹海藻是另一副面貌。本来，有姐姐的关爱、有男朋友的疼惜，再加上一个“市长秘书”的关爱，似乎应该是生活的宠儿，但为了帮助姐姐买房子，她一步一步摧毁了自己的幸福，成为另一个悲剧。或者，这样说得不到大家的认同，因为在剧中，海藻轻易得到了情人的宠爱、希望得到的钱和屋子，最后，编剧还安排她嫁给了外国人，远走高飞了。然而，这一切却都有违海藻的初衷、也是被迫接受的“爱护”。

若果，生活中的“海萍与海藻”都能与丈夫或男朋友凭能力和辛勤工作，过上虽粗茶淡饭却安居乐业的生活，悲剧也就不会发生。然而，在《蜗居》的现实中，那是最大的天方夜谭，于是，我们看到各式各样的悲剧在内地还不断重复上演着。看过《蜗居》，我觉得港澳地的大部分“剩女”可以深深庆幸，她们活在可以凭一双手，辛勤工作养活自己甚至家庭的地方，是多么幸福。

2010.5.16

房子与女子

《蜗居》的两名主角海萍与海藻，命运因为买房子而改写，凄凉得令人不忍。据说有不少人看过几集《蜗居》后就不想再看下去，理由是它太真实了，真实得令人不敢面对。王刚面对网民质疑他“节目造假”时反驳说:“我又不是初出茅庐，生活的真实往往比杜撰的要触目惊心得多。”《蜗居》里的对白不是凭空杜撰的，有过些生活经历的人不会不敢看下去，只会因而勾起太多生活里的不愉快回忆而已。

房子是谁买的，就那么重要吗？结婚以后不就成了联名的吗？可是男人就是要在乎那一点名节，房子是他买的话，就是“有本事啊”，结婚了还没有房子的话，就不过是“世界难挨呀”，竟成了社会的错。

而女人呢，一日未嫁，都大条道理蜗在老爸的家里，没有人会责难她；或者攒到了钱买个大单位，把老爸老妈接来同住，为嫁出去的门槛再增高一吋难度。若果结婚了还没有房子，要么只能乖乖地“蜗居”，要么就要节衣缩食捱一所房子回来，就像《蜗居》中的海萍。总之，两种生活形态的改变，都成了女人的错。

摆在“海萍”这类女人面前的两条路，都不好走。过“蜗居”生活久了，就会变成锱铢必较、低眉小眼的小女人；千方百计攒钱买房子吧，很快就会变成六亲不认只认钱的泼妇。这一来，反倒成全了她身边的那个懒洋洋的男人，嘿！他只想到身边人变了只河东狮，却不曾去想想什么时候两人的角色换了位？

不想变成泼妇，或者可以像海藻那样，由小白兔变成小绵羊；不过，由弱变更弱的结果，是成为别人眼里的小狐狸。两种结果都不好受，然而，她不过是守着女人的本分而已，她应该得到一所房子的，她得到了她想得到的，但为什么男人就只让女人挨着苦，而责备她希望得到幸福的想法呢？

怪不得，这个社会竟有那么多熟女、剩女，可以有座“金屋”一直藏着做女人的那份“娇”，是一份奢想啊。

2010.5.23

蜗居也好

中国人有谓“一身儿女债”，眠干睡湿、供书教学不特止，还要张罗结婚买屋、凑孙做保姆。虽然个中不少乐趣，但当被视为普遍现象，被后辈视为理所当然时，不免就成为负担。《蜗居》播到尾声了，一个前半生拥有整条街房产的老太婆，最后却是在十多平方米的蜗居里因迫迁而被压死。本来她已争取到迁至几百呎的新居，还有四十万现金补偿，不过，老太婆为了孙儿将来结婚着想，千方百计要争取千呎大屋，结果孙儿并不领情，自己也落得枉死。

能够在踏入社会后很快拥有自己的家，当然是十分叻仔叻女，不过，廿来岁的“80后”还未有自置居所，一点也不出奇，这个时候，可能有人连大学贷款都未还清呢。拥有属于自己的安乐窝，是绝大多数人的人生目标之一，既然是人生目标，当然要经过奋斗的过程，许多“60后”、“70后”的港澳人，都经历过经济起飞、政权回归、金融风暴、金融海啸等一波又一波的人生风浪，许多人现在能拥有自己的安乐窝，也是经过多年胼手胝足得回来的。

说来当年我买第一所房子的时候，一点也没有想到后来供楼是那么的艰辛，只看到当年楼价跌了三分一了，手上拿着几万元首期就急着买了楼。如果我能耐心多等三两年，我就能以一半的价钱买到了，再多等五六年，我更能以同样的价钱买到大一倍的居所了。当楼价开始“起飞”时，因为迁就儿子上学，我买了一间细了百多呎的屋，卖了第一间，庆幸不必再供楼。

所以，人生有太多的如果、有太多的意料之外，很多东西不由人操控，怨天尤人是没有用的，尽力做好自己的本分就好。人生是一步步走过来的，人生目标也是一个一个地实现的，买楼是人生大事之一，更应该有充分的准备。我不期望买千呎大屋，那超出了我的能力范围，安居乐业，蜗居也好。

2010.6.20

维民是艰

这几天的天气似乎特别的热，长期在冷气大开的办公室返工的人，是较难体会须在外面跑动的苦况。刚过去的一个礼拜，因为要在数家公司之间奔走，中午太阳最毒的时候，偏要往街上跑，几天下来，除了晒得两臂黄黑，还有一身臭汗。赤日炎炎，维民是艰。

烈日之下在街上跑，固然艰辛，但一轮奔忙之后，若事情没有结果，那更是凄惨。头一次尝试统筹事项，我发现那是非常吃力不讨好的事情。譬如大家对做这件事都情绪高涨，那当然是好事，不过，如果有几位老板级人马，而身处其中却不明白个中利益关系，得失一方是非常容易的事。如果老板们都是心直口快之人，你马上就可从其表情、语气中知道要“补镬”了；但如果当中有一个半个心思细密之人，你之后做事就棘手了。所以，难怪这么多人要“力争上游”做老大，原来是说话不怕得罪人之故。不过，何为之最大？又是一个难题，所以，我发觉老板之间反而好说话，因为总有某次做阿大的时候。

然而，面对众多真正办事的人，我发觉这些人才是真正“有个性”的人。比如，你让他首先提出建议吧，他会觉得自己不是话事人，所以不能也不敢有什么建议，于是，大家都不说，事情就这样胶着了，一年半载也不会成事，“三个和尚有水饮”是普遍情状。然后，终于有人牵头要做事，大家也都纷纷提供了自己的意见，但当不同意见南辕北辙需要修改的时候，很多人却又会觉得自己的意见是最好的了。改与不改之间，千难万难，最后不免打起“专业意见”的招牌和祭出“老板话事”的金牌，迂回曲折一番，若能成事，算是幸运的了。若不成事，最后不免还是要掉落个“办事不力”的烂苹果。所以，不是什么事情出了大力气都会有好结果的。尽人事，听天意，是对自己最好的安慰。

很多时候，一个果实出来了，背后是一棵大树所凝聚的心力。

2010.7.4

真相的代价

菲律宾人质事件的影响远远超过人们的预想，事件的每一个节点，都可以作为世人日后处理同类事件的典型反面教材。

菲律宾电台记者作供时表示，在人质事件中，为时一个多小时的电台直播访问，不无“独家直播”上的考虑。换言之，当时的考虑就是要“独霸”枪手门多萨，以此吸引听众。

现在的媒体，谁不追逐“独家”？谁不追求高收视率？就好像做生意追求最大收益一样，做新闻的也会面临生存的压力。虽则我们经常指责商人眼里只有钱，但打着“追求真相”而大肆渲染血腥、暴力与色情的媒体，眼里何尝不是赤裸裸的只有钱？而且，其负面影响比其他人更甚。这令我想起了数年前邻埠某报章的“陈健康事件”的报道，连篇累牍的招妓、街头暴力的语言与画面，所谓真相，最终被揭发是收钱的真人骚。

菲律宾总统阿基诺三世对传媒的指摘，为他“赢得”媒体上铺天盖地的负面报道，其指摘的出发点固然是为了掩饰自己的无能，然而，菲律宾电台记者的作供，却反证其指摘令人值得反思之处。传媒在专业操守与社会道德、新闻价值与生命价值之间，该如何选择和平衡？何谓真相？真相价值为何？

事实上，没有菲警错误的营救行动在前，便没有传媒的报道在后，无论怎样刺激的画面，都是如实报道的结果。某程度上来说，传媒都是被动的，所以阿基诺三世的言论令传媒如此反弹，并非是传媒的过度反应。

但传媒在这类事件报道上是否无可选择？非也，正如记者不会全文尽录被访者的言论一样，电视台的编辑也是对所播出的画面有选择权的。何况，当时的所谓“直播”画面也并非是事件的全部真相。所以，知情权是有所局限的，我们所追求的真相也是有局限的。何况，即使我们在电视机前能“眼观六路，耳听八方”，但我们对事件却是无助的；忽略局部的真相或稍后知悉，对观众来说，其实是没有什么损失的。但在身处事件中的枪手与人质来说，却是有着不可估量的作用；而且现在我们已经可以肯定，某些直播画面，的确影响到了枪手当时的决定。

所以，我们孜孜以求的所谓真相，其实不过是一些断片。而在事件发生的当下，观众与读者该知道的真相是什么，实在需要传媒有大智慧的决断。何况，已经发生了的真相，是“永远地”存在的，我们何苦为追求“即时”，而不惜牺牲当下的生命与人性价值？

2010.9.12

饕餮之类

日前有几对内地朋友先后自远方来，理所当然地讲饮讲食，本来不亦悦乎。不过，遇上好吃之人，还是让我这好客之人大叫吃不消！

吃不消的不是我的荷包，因为都不用我付钞，我只担当盲公竹角色；吃不消的是他们对食物的态度和浪费程度，以“饕餮”名之，毫不为过。

内地人到澳门，对着满缸鲜活海鲜，基本上反应都是十分雀跃的，皆因生猛海鲜在内地还算是高档菜，若加上地道红炉热火急炒，冒着热气上台，套用内地人说法，真是“好吃得连舌头都吞了”！

这样说，似乎把人家看扁了，好像人家没吃过好东西似的！话当然不是这么说，随着越来越多国人生活日渐富足，很多奢侈品、高级食材都纷纷流向内地市场，按时下说法，内地不单是个“金池子”，还是个“食池子”。大概因为有钱，而狂买奢侈品也着实用不了那么多，于是更多的闲钱就投入到饮饮食食上了。

本来，富贵人家讲求饮食是理所当然之道，但有钱了，却不一定识食。观乎内地不少友人，到了餐厅，例必狂点鸡煲翅、鲍鱼、乳鸽、牛扒之类，没有菜蔬，不会吃饭（据说是因为吃饭容易饱肚，要留出胃纳吃其他东西）。亲历的例子是一个人点了六道菜，最后有两个菜勉强吃都要剩下一半。吃的人大叫“好吃！”“满足！”而我在旁看得目瞪口呆。如此吃法，难怪内地患上糖尿病的人数直线上升。

另一极端的例子，是看到一本十月号的上海出版的美食杂志，访问某私房菜名厨，谈及高级粤菜前景，他说，高级的鲍参翅肚大有前景，因为越来越多内地人有钱，吃得起，也愿意出钱吃。他更马上举出例子，说不过两天前，有几位人客订位，指明要吃名贵菜式，其中一人竟一连气吃了四只三头鲍鱼！

我的天！那不幸在同一个晚上被吃到同一个人肚子里的四只鲍鱼，若然不是假货的话，一定在之后一个星期里让他的肚子有一番折腾了。

2010.11.25

饮和食德

年前曾看到报道，营养专家指中国数千年来都是农业大国，以稻米、高粱、玉米及菜蔬为主食，粗纤维化的饮食基因已深植在人种基因中，如今改以大鱼大肉的饮食形式，对身体的危害是深远的。

这几年多看了点有关烹饪方面的书籍，发觉粤菜能在大江南北广受欢迎，固然与其用料广、烹调精有关，但不可忽略的是粤菜注意每道菜式的荤素搭配，十分符合营养学说，亦符合养生之道。吃，是为了更好地生存，理所当然要吃得健康了。

可惜，能吃与懂吃，是两回事，是高低两个极端的层次，而且与钱多钱少的关系不很大。

据三联《新编实用汉语词典》有关“饕餮”词条——《汉书•礼乐志》：贪饕险诐。颜师古注：贪甚曰饕。苏轼《老饕赋》：“盖聚物之夭美，以养吾之老饕。”饕餮，后世多指贪于饮食之人。个人理解，“饕餮”能吃，“老饕”会吃，美食家懂吃。不过，现在的所谓“美食家”似乎也太多了……

奥巴马早前有个说法，他说若果中国十几亿人口都像美国人那样吃法，地球一定承受不了。我暂时还未了解到他说此话时的上文下理，但若果中国人都像美国人那样狂吃滥喝，那地球上一定挤不下那么多胖子，全国的保健系统一定瘫痪；又或者，若果越来越多富起来的中国人都沉迷于吃了再说，那么，导致地球物种大量毁灭的罪名迟早也会落到中国人的头上。又或者，以我对美国食物的肤浅了解，若果中国人都对美式饮食亦步亦趋，那么，数千年文明发展过程中积累沉淀而成的中华美食文化亦将沦落倾毁于一旦，相信也是“吾不欲观之矣”的！

2010.12.5

少吃点吧

香港地球之友公布一项调查说，香港人每天产生九百六十四吨厨余，占垃圾量约三成六，数量在十年间劲增近二点五倍。澳门又如何呢？相信情形类同。

因为食店对食物处理精细了，因为外出食饭的人多了，因为中国人的宴席上不少菜式是好听不中吃的，以上都是厨余大增的主因。因此，地球之友发起“厨余减量”计划，呼吁宴会时少点两道主菜，从而可减少一成半厨余；自备饭盒，将剩余食物带回家，减少浪费。

细思量，十年前，你是否已听过有人把地球暖化与畜牧业联系起来？有否听说过吃素可以救地球？比较少人这样说这样做，是吧？但为什么素食者越来越多，资讯越来越普及的今天，厨余还是增速惊人？我百思不得其解。

这十年间，我们经历了金融风暴、金融海啸，按说大部分时间大部分人都是捂紧荷包过日子的，为什么还是吃多了喝多了？即便说是人口及游客增多了，但也没有十倍的增量。这样看来，厨余的增量很大程度上是我们自己造成的吧！

换言之，厨余的增多，是因为我们没有珍惜食物之过。因为不珍惜，所以如阿苏之流的洗一斤菜只择剩四两；因为不珍惜，点套餐往往加大码，吃不完喝不完的随手推到垃圾桶去；因为不珍惜，雪柜里多买的食物往往放至变质后一扔了事，心安理得。

我们常常是把自己的食量夸大了的，又或者生怕不够吃害了孩子，但其实，现在的孩子有多少是吃不饱的呢。如果，我们平日买肉的时候少买一点，其实餐桌上是足够的，多吃两条菜更有益。如果，孩子在点餐的时候，我们不额外买个冻饮，教小朋友饮附送的例汤，我们就无须浪费掉那碗热汤，而饮汤当然比饮可乐更健康。如果，我们在某个“家庭日”尝试跟随团体到农村体验一次真正的农耕生活，你会发觉，你所扔掉的每一块菜叶，其实都是有生命的。

如果，我们每餐少吃那么一点，这个地球将会因而得益多一点。

2010.12.26

回家过年

终于，冬天到了，像个动漫世界里的“步惊云”一般，忽地一下子到来，立定了也就不动了，挟着冰冷冷的雨和风，震慑了半个地球。

据说是三百二十七年最冷的寒冬，令英国北爱尔兰八十个城镇的水管在冰雪中爆裂，四万户人家既没有干净食水，又无法冲澡和冲厕。当地政府如何打救他们？新闻没有详尽报道，事件放在香港，恐怕又是一场政治暴风雪。

我家的冲澡水喉也在不堪寒冷中宣告爆裂。家事当然易商量，马上叫儿子冲到超市买回一条新的换上就是了。再度庆幸澳门街细小，总有一家超市在家附近，而且是十点半还未关门！

想起了那些深宵还在工作未能归家的人，他们家中的孩子面对类似情况，该如何狼狈？想起了那些儿女离家、茕茕独处的老人，面对类似情况，该如何凄惶？想起了引领“中国移动”的内地民工，他们纷纷提前在元旦回乡过年，农历新年在冰冷的厂房度过，心情是如何的矛盾和自伤？

据说中国准备推出一条新法令，要求做儿女的除了要赡养父母，还要每隔一段时间回家探望父母；至于时间“每隔多长”，却还未有定案。

能上升到立法的层次，可见问题已是十分严重和迫切。“赡养”父母除了金钱，还应包含有亲情的陪伴，现在依条文看，一是把金钱和亲情分开来说了，二是有太多的人可能只给钱，却不见人，这大概是社会现实的一个反映了。

古人说“父母在，不远游”，但“游必有方”。若以第一句论，大部分的中国人都不孝；若以第二句论，大多数人的“不孝”却是为现实所迫。

若果没有大规模的农民离乡别井当劳工，中国何来经济腾飞？若果中国民工不是千辛万难、顶风冒雪一年一度地“回家过年”去当孝子，是不是都该抓进监牢里去？想出这条法令的官儿们，是不是坐在暖气房里烧坏了脑筋？为什么他们就不能出台相应的法令，勒令老板们每隔一段时间就要强迫放假，以便当子女的都能回家探亲，违令的老板都要坐牢过新年？

2011.1.9

面对海啸

日本是一个长年发生地震的国家，但今次有点例外，因为是“史上最强”的八点九级，其威力所在，是通过地震引发的大海啸及导致核电厂爆炸而产生的毁灭性后果。最可怕的天灾与人祸，都让日本人遇上了！

在地震发生之前的那个星期，恰恰我也看过了网友寄过来的一些所谓“解禁”的日本侵华期间残杀中国人的血腥照片。我没法完整看毕，一如高中时看类似的图书后吃不下饭一样的恶心。

天灾与人祸，都是我们不愿接受，却不得不承受的伤与痛。哲人说：天作孽，犹可违；自作孽，不可逭。面对地震、面对海啸，在电视机前面的我们，看得目瞪口呆，为生命瞬间被吞噬于黑色巨浪的脆弱而神伤，为优山美地瞬间换作颓垣败瓦而惶惑。然而，人类之间从未止息的互相残杀，与大自然对人类、对地球的改天换地，两者相较，到底谁更可怕？谁更可恨？

这半月来，每天看电视画面，我的心情纠结而复杂，欲语还休。都说“不要在人家的伤口上撒盐”，这是应有的美德；可是大半个世纪过去了，又有谁“温柔地呵护”过中国人的伤口？以至这伤口还不时流血、一痛再痛？痛失至亲痛失至爱的哀恸，日本人和中国人又有什么不同？

在中国人的外交史上，似乎较少“以牙还牙”的书写，更多的是“怀柔致远”“以德报怨”的传统；面对人性的善与恶，中国人更愿意向世界展示善良和宽恕的一面，善哉！中华民族！

说到“以德报怨”，让我想起了一则二战中有关中国人对待日本人的故事——在美国决定要对日本投掷原子弹后，盟军接受了中国著名建筑学家梁思成的建议：为了保护日本最古老建筑和文物遗址，在原子弹的降落地点上排除了京都和奈良——面对人类的文明和灵魂，面对国仇家恨，中国人选择了良知。

2011.3.20

面对反思

对日本震灾后“反思”的声音当然很多，个人认为，以比较性的褒贬居多，理性的反思鲜见。在这类“比较性反思”中，中国人自然再次成为“批判”对象，尽管内容也是老生常谈，也是确乎有其事，是否中国人果真“劣质”到了每每成为垫底的程度？

要比较，也可以日本政府今次救灾反应迟缓，与中国政府在汶川及云南地震救灾中反应迅速、有条不紊作比较，中国人同样赢得了世人的掌声。可见中国人并不缺乏学习与应变能力。不过，作为政府，做得好是应该的，公务员高薪厚禄，如果玩忽职守，那就对不起供养这群“精英阶层”的人民和公帑了，所以，这掌声，不拍也罢。

至于中国人是否劣质民族？日本对上一次发生的关东大地震，中国人除了首批送达救灾物资，更发起买日货赈灾运动。只要想想，上世纪的百年间，中国人民是如何地内忧外患，数千年文明基石几乎尽毁，我们又如何能在短短三二十年间重建？哀其不幸，怒其不争，或者也是我们面对同胞所应抱持的心态。

身处岛国，日本人对自身民族的生存有着很强的危机感，处身地震频发区，所以日本政府在国民教育上殚精竭虑地使用各种方式教导国民避震和抗灾。日本人几乎是从幼稚园开始就不断学习在地震发生时如何安全逃避及自救，新人在公司上班第一天会获发地震救生包，所以，当地震来临时，世人都会看到饱受训练后临震不惊、安之若素的日本人。

虽然地震会造成损失，日本也面对近廿年的经济低迷，但自明治维新以降，二百多年的资本积累及二战期间大量抢掠的财富，令日本无论国家或个人都有着相对“富裕”的心态。所以，世人会看到日本震灾并未在民间造成物资匮乏的恐慌，因为他们信任政府一定会及时并有充足物质援助灾区，这是人心安定、乐意分享的重要心理基础。

2011.3.27

樱花的季节

日本核辐射似乎远远未看到解决的曙光，枝野幸男苦口苦面地宣告，要把数十万吨受重度辐射、初期用于核原料机组降温的废水排放到太平洋中去，对此只表示“深深的遗憾”。

若身为日本人，还能有怎样的反应？隔岸观火的我们，心里又涌动怎样的思绪？

有时候，我们看灾难的报道，不时或会看到遇险得救后展露的欢颜、亲友劫后重逢的喜悦，但月来看日本灾后新闻，我从未看到过一丝笑容，偶或会有重逢时喜极而泣的。灾难远未离去，核辐射的魔魇更重重压在每人心头，笑容竟是如斯稀罕。

是否日本人生来就是一个内敛的民族？

发达的日本娱乐业一直是香港娱乐圈学习的目标，日本人天生不缺乏娱乐的细胞；泛滥的色情业是日本一线城市的风景线，与大多数人在公众场合谦恭有礼的表现形成有趣的对比，或者，这才是规行矩步的紧箍罩下，日本人的真正面目？绷得再紧的弦，也要有放松下来的时候；连生死都不能掌控的时刻，全体一致性的冷静与沉默，却让我感到了一丝丝的寒意。

有人说，日本人是一个充满悲剧意识的民族，难怪其艺术大多以悲剧表达；有人说，中国人是一个充满喜剧性的民族，所以中国人看戏总喜欢大团圆结局。我想，因为充满了对生命的热爱，所以中国人以乐观的态度对待人生，以应对生命中的变幻无常。

因为对世事充满不可把握的悲哀，日本人对生命抱持悲剧的心态。然而，悲剧的结局最终将导致灭亡，那么，人生或者是一场诚惶诚恐的过程，又或者是一场短暂的悲欢离合的游戏了。因此之故，面对生命，大和民族里有着武士道那样对信诺的尊崇、对生命的决绝，如刀锋般冷酷；也有着长盛不衰的歌舞伎町文化，为严酷的命运里透出一丝丝戏谑的气息，给挣扎着活下去找一个托词。

4 月里，樱花纷扬的季节。短暂的花季，短暂的生命。飞花无声，观者无言。

2011.4.10

自私的无赖

属日本鹰派政客的石原慎太郎，在日本大地震后直言：日本受天谴，要反思。在中文媒体上看不到外界有多大反应；在日本国内，虽然有人要求石原道歉，他也真的马上道歉了；但更诡谲的是，在日前的东京都知事（市长）选举中，石原慎太郎竟成功四度当选。

在这般集体爱面子的民族、在灾难当前之际，政客说这么一句重话，恐怕不是一时“不慎”之言那么简单。

日本人是一个危机感很强的民族，岛国资源匮乏，所以对物资的利用可说无所不用其极，亦因而亟亟向外扩张或攫取资源。并且，日本人对本土资源极度保护，在东南亚发动二次大战主因觊觎资源而起，到了近十来廿年，改以经济掠取。

日本是中国最大的稀土进口国，低价买进并大量储备，代价是中国稀土资源急剧减少；日本的森林覆盖率之高是世界首位，但他们却在东南亚大肆砍伐原始森林，以确保日常供应和本土森林不受破坏；日本鱼生世界闻名，但他们是太平洋鲨鱼、挪威三文鱼、南极鲸鱼、中国海鳗的最大杀手。

为了保护本土资源不受影响，日本人是不惜使用任何代价向外攫取的。人们去日本旅游，总惊叹景色原朴而优美，孰知那是以牺牲周边国家的长远利益去铺垫出来的“华美的袍服”！

这种自私自利的心态发展到了现在，让我们看得目瞪口呆的是：海啸引发核爆后，日本政府及东电公司任由周边居民毫无防护地暴露在辐射危险中，大量受核辐射高度污染的废水不加处理直接排出太平洋；核爆一个月过去了，核危机一步一步升级，然而，日本政府仍是一筹莫展，或者说，消极对待。辐射物质，在大气中在海水中确会得到稀释，但却会在生物链中累积而扩散，祸害深远。

在灾难面前，日本国民表现得如此坚忍、自律，如天使般美好；日本政府表现却如此无能、无赖、令人无奈，如撒旦般丑恶。

2011.4.17

那些叫宝马的

小时候，妈妈送给我一份生日礼物：一个外环形内三角金吊坠。妈妈说，那是一辆名贵房车的标志。那时候，开平治是有钱人的标志之一。

现在，那个金环已记不起放哪儿了，而平治，也放下了很尊贵的身段。现在，最“牛”的房车，我想，大概要数宝马吧！

与劳斯莱斯、玛莎拉蒂等相较，宝马还差那么一点点，但价钱当然也够级数的。所以，很多“霎时一身银”的都喜欢买宝马、开宝马，因为那是“我是有钱的！”代表语。

开宝马特别爽，又快又定又劲。“嗖”一下子就蹿了出去，比谁都快，特别是跑车型的，奔驰在澳门本来并不宽阔的马路，真有“这条路只是我的”之慨！谁挡着宝马了，“嗖”一声从他面前绕过去就是了，管他吓得个人仰马翻！宝马要停下来也是很快的，“吱”一声就立定停在了马路中心，车门“嘭”一声打开——后面跟着的铁马要是刹掣不及，一头栽在车门前——噢！你该倒霉了，谁叫你跟车太贴！宝马是马路上的王呀！

要真是宝马撞人了，真不知道该怎么说！因为开这车的，都是有钱有权有势的呀！要是未被即时撞死，那不如立时一头撞地死了算了，因为若之后被那辆宝马来来回回碾至死的痛苦，真不是人世间的苦痛。网上搜一搜吧，内地那些狂奔撞死人的宝马，还真像是一匹匹发狂的彪悍的马！

澳门街上的宝马也不少，但大多是安静平稳的，大概是路人早早就见识得多了，没投以艳羡目光，所以也就嚣张不起来。但近年多了些刚从内地投资过来的“马主”，言行举止都特“牛”，总算也让澳门人有机会见识到他们在大大小小的马路上开着宝马的“王者气派”。我想，是不是该给这类人一个特定的称呼，以示区别？不如，就叫“那些叫宝马的”吧。

2011.6.12

绿色小气场

搬到新办公室几个月了，与我们一起适应新环境的，是案头与窗台的大大小小盆栽。

据说绿色植物最能吸收甲醛、二氧化碳之类的有毒气体，于是搬迁不久，各人台头不多不少都有了一两盆绿意盈盈的各式植物。数月下来，一些仍是原地踏步、顾影自怜；一些已是葳蕤有光、婆娑有致。

我的办公桌范围的绿色植物，论数量不算少，但都是些“上不了台面”的粗生植物，与一些同事在窗台上摆放的叶形奇特、器皿色彩缤纷、叫不出名目的奇花异卉相较，实在不值一哂。

这些植物当中，一盆爬藤的万年青和一株小棕榈是从街市买回来的便宜货。万年青买回来时只有三条短短的主藤，现在已长得“发长及腰”至墙腰了，还可以分出几枝壮苗给喜欢它的同事；拨开密麻麻的叶丛，仿佛里面可以藏得下一窝小鸟似的，真希望能有哪天这个幻想可以成真！小棕榈在花铺里长得奄奄一息，所以店主以十元钱随便给了我，度过适应期后，现在已长得亭亭玉立了。

其他所养的，说来惭愧又自豪，都是我在上班的路上一一捡回来的“孤儿”：花叶万年青、斑马叶万年青、小白掌、观音竹。这些“被遗弃的”应该是楼上人家花笼上所种的，可能分盆或修剪时偶尔不小心给掉到马路上了，却给我捡了回来养了起来。这些小东西可不理自家的出身，反正是给养到陶罐、胶盆里之后，得其所哉，都迫不及待地长了起来。花叶万年青绿绿的心形的新叶上，都带着片片黄黄的斑纹，娇美又醒神；窗台上的两截断藤长出了两枝新芽，肆无忌惮地分别向着有阳光和有水汽的方位极力伸展，就像神话里的力士，只要给他喝了足够多的水，他就呼啦啦地长起来了。

听同样是爱花之人评说，牧场里的牛若是听音乐长大的，肉质特别肥美；我们的植物能长得如此美好，因为它吸收的正能量特多。

2011.6.26

膨大的鸡肋

年前同事带回来的手信中有奇异果干，她边吃边警告说：可能有膨大剂喔！我们还不大明白是怎么一回事。今年的夏天，“勇敢的西瓜们”“自曝”了膨大剂的普遍存在，但专家马上安慰我们说吃一点点膨大剂对人体是无害的！是这样吗？你我都不是食品安检专家，况且，可能已经吃了不少在肚子里了，还没有死去，那就只好信专家啰！

上月底，在红街市生果档看到十元一份有四个的奇异果，确实是便宜，摸一摸，果皮上的毛很刺手，看起来还很生涩。买回家放了三天，软了一点点，切开一看，已成海绵体！闻一闻，已有酸腐味！中间的果芯又粗又硬，很明显，是浸透了膨大剂的果BB。只要它膨大至正常成熟果实的大小，就摘下来应市，哪管它能不能吃！

再过了几天，荔枝新上市了，看到有又红又大的，十五元一磅，不贵呢！买了一磅尝鲜，剥开厚厚的果皮，噢！果肉膨胀得已裂开渗水，上边一圈白白的已与果核分离；试一试，寡淡如水，那果汁，可能会否就是膨大剂？唯一未被膨大的是结实的果核，不用说，也是大玩膨大剂的把戏。

膨大剂到底是什么东西？虽然我还未看过文字的表述，但已切身体验到了它的厉害。或许，它真的如专家所言，对人体危害不大，但专家没有想深一层的是，它彻底毒害了种植者和经营者的心田——所种的与所卖的都是骗人的鬼把戏，只要尽既然是一定要成为事实的话，我们唯一能做的，就只有尽力让这个过程中的社会伤害面少一点、人民痛苦指数少一点、贪污腐败的程度少一点，照顾农民的利益多一点、社会利益分配公平多一点，国家发展的道路也就平顺一点了。城镇化的路如何走？就让我们拭目以待好了。

笔者出身农民家庭，所以对农村的城镇化改革很自然地投以关注的目光。家乡的变迁令我感到无奈且痛苦，绝大部分的农民一直活在社会的低下层，依赖着土地，他们让生命、让社会得以一代一代地延续。没有了土地，农民这个词将慢慢消逝于历史长河中。但在当下，农民绝对是国家应该善待的群体。

2013.8.11

悠闲是相对的

情人节就快到的时候，我迫不及待地飞了去高雄。

据说，女儿是爸爸前世的情人，但儿子是妈妈前世的冤家吗？我不知道，只知道很惦念儿子的时候，心尖会痛。儿子今年头一回不在家过年了，他妈只好在拥挤不堪的新年之后，渡洋越海地飞去探望他了。

入住的饭店在建国二路，就在距离高雄旧火车站新高铁站及地铁捷运站都大约二百米的地方，我相信一定是高雄的中心地段了，却原来不是，新商圈大多遍布在周边三个捷运站以内的地段。那么，建国二路大概相若于澳门的新马路下段的旧中区了。

去逛约十分钟路程距离的六合夜市前，我决定绕周边几条马路走走。

市区街道两旁挤迫窄狭地开满了店铺，没有一家是空置或上锁的，门店都很窄，旅店亦如是。高低不平的人行道上，摆满了不同店铺的特色物件和铺着形状图案都不一的瓷砖；所谓的精品旅店会摆一架铁铸的单车模架盛盆栽，女仆咖啡店前不规则地摊开一桌数椅，汽车旅馆前是一位有精致妆容的阿姨趸坐在简陋的柜台前数钱发车。若昂首阔步走过的话，肯定会一磕一碰的；马路两旁也有人行道，不过，都放满了电单车或泊满了私家车，这个城市的道路似乎只是为行车者服务。

开得最多的店铺当然是大大小小的食店了。有时，一条短一点的街道两旁全都是食店，高雄人真的那么爱吃吗？不然的话，这么多的食肆如何能维持？走在黄昏时分的街道上，人流稀疏，有种曾相识的感觉突然涌上心头：2003 年的澳门旧区老街上，时间过得太慢，游客们久候不至，人们都无奈地悠闲着度日。

那时候的澳门是多么地悠闲呵！可是，有谁会愿意重回那年那时光呢？相信大家都只宁愿到高雄去体会就够了吧！

所谓悠闲，只能是相对而言，不然的话，从老到嫩整天都悠悠闲的生活，大概不是在天堂，就是在乌托邦。而我可以很肯定地告诉你，我们刻下的生活，还是在人间，或者是在某些人以为的地狱。

2014.2.23

碎片时代

泰国反对派街头运动迫总理落台、克里米亚公投入俄、马航 MH370 失踪、台湾学生突袭占领立法院……一波未平一波又起，套用“余波未了”“波澜壮阔”“波涛汹涌”形容，都不是故作惊人之语。到本文见报之日，未知又会有什么更惊天动地的社会大事爆发？

泰国反对派示威到现在究竟如何持续下去？不知道！每次电视新闻镜头都会见到被攻占的政府大楼一地纸碎；为何而占、占了又如何、下一回该占什么，大概要等到泰国总理重新站在总理府里发言了，这一地的碎纸片，逐月逐月拼凑起来，泰国的政局才有个清晰的画面。

克里米亚全民公投，百分之九十六点七七的人民赞成入俄，当地议会即时宣布独立，申请加入俄罗斯。整个过程，场内风平浪静，场外众声喧哗。美国喊打北约喊杀，什么是民意？什么是人权？统统成了美国人权白皮书的一地碎纸片。

马航 MH370 失踪至今十多天，所有线索都如隔天在海上发现的垃圾碎片，刚一甫头，就啵一声被海水吞没，茫茫大海，茫无头绪。反倒是微信上隔三差五冒出来的信息，如一块块锋利的玻璃或钢铁碎片，一下一下割到人们心头淌血。这些碎片，到底要搜集到何时，才能拼凑成为有迹可循的庞大的波音 777 飞机的形影？

台湾学生突袭立法院的事件因为“脚踏实地”发生，传媒当然好做得多，各有各的角度，横向直向全方位扫描。有某电视台独辟蹊径，专注于立法院学生抛得一地的纸片、食物包装袋、饮水樽、学生打机聊天瞌睡的镜头，主持归纳说：瞧瞧，这不过是一群乌合之群。这堆镜头碎片，放到整个国际政治气候大环境中去看，的确是一粒粒不起眼的碎片，的确暂时被放大了，遮蔽住了当政者和人民的雪亮的眼睛。

不过，活在当下的小城，一切大事真的都不过是小事一桩。这里的人五百年来坐看风云变幻，岁月波澜不惊，什么大事都成沧海一声笑。不要说得太远，就只看近些年，多少在周边地区人们看来多么惊心动魄的事件，最终不也是化作碎纸机里的片片纸碎，或者海面飘散而去的垃圾碎片？

2014.3.23

对生命负责

近期每天返到公司，摆在工作台上的报纸头条总是惊心触目，车祸与死人似是必然的相连和纠结。惊悚的感觉当然也弥漫在上下班的路上，心里默默地告诫着：慢些！再慢一些！

但即便在慢速前进的过程中，不免还是久不久就会给吓一跳的。

下午在上班的路上，在白马行银座广场的街角，一名男孩边浏览街景边不为意地跨出了马路，恰巧电单车亦冲到了他的跟前。电单车急刹停下了，男孩亦收回伸出的脚，有点惶恐地看着驾驶者；但后随的男孩的妈妈怒睥着司机，拉着男孩雄赳赳气昂昂地跨过了五六步阔的马路。

黄昏回家的路上，在望厦公屋前的斑马线前，我已学会习惯地停一停、望一望：总是会有一个或多个穿着校服的少年以矫健的步伐、盲目的安全感、快过一秒的步速，在你以为斑马线上没有人的时候，大步跨到斑马线上；总是会有背着或抱着小 BB、拖着大 BB 的师奶，以目不斜视、旁若无人、欢欣鼓舞的身姿在斑马线上摇摆；总是会有一名驼背的阿公或阿婆拖曳着马路分隔带上的垃圾桶捡回来的纸皮，在斑马线上神出鬼没地来回走动。

当年学车的时候，教车师傅谆谆告诫：有理冇理，以伤为重。我一直谨记了这句话。

在澳门，不论在任何路段、不论在任何状况，只要发生了车祸和死伤，司机都脱不了责任。

在马路上，相对于行人，车辆是绝对性的强势，故而，车辆是绝对应该礼让行人的——道理一如强者应保护弱者一样。

只是，太多司机自以为强者，可以纵横驰骋，忘记了自己的责任；只是，太多行人自以为仍活在廿年前人多车稀的年代，忘记了自己不过血肉之躯。从不少车祸发生时死者是被车头撞上的事实推测，事发时是太突然了，伸出的脚步由于惯性早向前了一秒、急刹的车辆由于惯性向前移了那么一秒——那惯性的一秒，悲剧的一秒！

澳门街的马路不宽阔，大多只有十步八步就可走过。面对生命，除了司机要礼让，身为行人的我们，在走出马路前，实在该停一停、望一望，为自己的生命负责。

2014.5.25

谁是精英

上周一，打开娱乐版，看到内地女星姚晨，相关报道指她是第四次自费去探访联合国难民营，看着姚晨包着阿拉伯头巾、凝视着难童的照片，真心地觉得姚晨很美。

姚晨并非以美艳见称，初期更有“大嘴姚晨”之称；走红后除了没有乱七八糟绯闻，还很快就嫁给了摄影师生了儿子。有谓人红样变靓，越看越顺眼，姚晨似乎比好莱坞活的大嘴罗伯茨更见美丽气质。

我相信这与内在的修为亦大有关系。中国人常说“相由心生”，心地善良的人，平日里在面部表情上亦会显得平和；我亦相信气质这东西是自内而外显露的、无法伪装的。姚晨的美让我感受一种发自内心的悲悯和关怀的善，这种纯朴的善念，让她的表情看起来充满专注和静穆，充满着美。

随着国力的强大，经济实力亦随之壮大，越来越多的内地年轻人“见贤思齐”，懂得让财富取之社会用之社会，更舍得拿出个人财富和力量贡献社会改变社会；更多的明星成立慈善基金，亲力亲为地实践真正行善的理念。这种向善的修为，让他们站在公众的面前时，特别的有气场，特别的美。

我常常看到香港娱乐圈也有所谓的善举，投机性明显得令人“惨不忍睹”。一些艺人“做善事”通常有以下特点：或是有大机关赞助，或是由大团体发动，或是密集式地博见报。印象中记得数年前有位女星，为了能选上“杰青”，隔三差五就有探访山区、慰问老人、关怀病童、呼吁募捐之类的消息，后来更被当面问及是否为了选杰青时，只能支吾以对。当然，她最后如愿当了杰青，但之后已鲜见她现身做慈善了。

现在的港澳人虽或自嘲会为“港灿”，但不少人心底里其实仍以“精英”自居。究其实，这些“精英”所擅长的，却是从社团关系中攫夺社会资源、从法律灰色地带中自肥自利、从裹挟民意中自我膨胀；那些貌似堂皇的面孔中，透露出来的丑陋不堪，简直让人恶心不已。

2014.6.1

年轻的激情应受宽容

从月底到上周四，七十多天，差不多就是一个大学学期的时间，有人岿然不动地每天端坐课室图书馆，有人雷打不动地每天游走马路间天桥上。都是在学习，学习如何面对这个风云莫测的世界，学习如何与这个不由个人掌控的世界和平相处。

我相信，直至生命终结，我们都必须抱有学习的心态。学习如何生存及如何生存得有尊严，学习如何面对死亡及如何有尊严地死亡；学习如何改变社会及如何接受社会对我们的改变，学习人与人之间如何和谐共处及如何求同存异理解包容；学习如何跨越政见的鸿沟平等相待及如何超越成见虚怀若谷。

这些都不是空洞的口号，而是我们对自身的期待和对社会的盼望，虽宏大但无不当。但其实，真正要做到这些，难哉！所以，我们更要不停地学习和实践，在实践中完善所学。所以，在课堂中的学习与到街头到社会中学习，都一样重要。

更重要的是，我们要明白，所有自身都不完美，所以实在无须固执一己之见。诚如印度和平运动领袖、圣雄甘地所言：“不宽容本身就是一种暴力，是妨碍真正民主精神发展的障碍。”所以，无论政见不同的哪一方，坚执一己之见，都不是民主的作为，都不是谋社会之福祉。

对霸占公共道路进行清场，是对社会制度法治精神的维护；对霸占公共道路的学生不进行清场，是社会对不同政见的包容，是对年轻学子的爱护。虽为旁观者，但我亦常自陷于清场与不清场的矛盾与纠结中，当失去了激情焕发资本，我更多的是体会到激发社会矛盾的因素的多重性复杂性，更不是简单的“一体两面”可以形容。

在没有人知道什么是最好的情况下，显然，现在香港特区政府的清场手法无疑是一种高明的手段。凡经历过中国这三十年变革之路的人，谁会愿意看到社会以暴力和伤害以达到民主进步?！当我们都曾年轻过，自当理解年轻人对理想的追求和激情；若暴力以对，损害的是社会的希望和未来。

2014.12.14

卷三　坐而论艺

本分

看李超宏的摄影展，再一次从作品中强烈感受到身为新闻工作者的那份自然流露的人文关怀。镜头下，大部分是现实社会中的人物题材，小贩、挑夫、苦力、与妈妈一起扫街的小男孩、车内车外贫富悬殊的小女孩、渴望窗外世界的眼睛，一一记录了三四十年前澳门人的世界。

这些作品给观众的感觉是那么真实而自然，相信是出于职业的本能让作者迅速地拍摄下那一瞬间，或许它并非是最美最好的角度，但却也是一样的震撼人心。人说“文如其人”，虽然创作允许天马行空，但细心的观众总是可以从作品中寻觅到作者的个性、思想、职业诸如此类的踪迹。身为新闻人，真实、冷静地记录是这些摄影作品的最大特色。

这些作品中，有部分并未达到沙龙摄影中对构图、光影等的严格要求，但我觉得它们还是一件好的作品，只因作品当中灌注了作者对澳门的热爱、对劳苦大众的同情、对社会变迁的关注。作者把镜头对准了他们，相信是因为长期的内心关注和职业习惯所使然，厚积薄发，一一在作品中透露出来。在看到画面的当下，在拿起镜头的当下，职业的本能深深影响着他，作者做好了自己的本分，亦因而让我们看到了这些饱含人情味的好作品。

若我们每一个人都能在自己的位置上做到本分，然后做好自己的本分，相信我们也会拥有自己的好的作品。一名学生，若能专心上课、做好家课、尊敬师长，他肯定能得到一张好的成绩表；一名教师，若能把爱心放在第一位，自然会在课内课外都真心为学生着想，她将会得到一班感受到她的爱而拥戴她的学生；一名职场中人，若能每天都完成自己的分内事，并能尽力把它做得更好，他肯定能得到好的工作成果做回报。

而我们作为旁观者的本分，除了欣赏，除了鼓掌为他们加油，其他的，都是苛求。

2004.6.23

搞手

看到日前本报经济版有关内地出版业的专题报道，令人好生羡慕：人多就是力量大！

其实十多年前已经不少外资进军内地市场，很多铩羽而回，但亦不少屡败屡战。无他，内地人口多，市场大，“每人赚他一元都有十三亿啦！”这种想法普遍存在，出版业也不例外。

当然，钱就摆在那里，要拿走也不是轻易，找到商业卖点了，还要有点胆色才行。正如报道中所写到的两本以中学生为对象的书，放到港澳就未必能够出版，皆因无论从商业或是文学角度看，似乎都是未成熟的产品；甚至有人说，听到书名就不想去看了。其实，年轻人谁没有梦？无论以过来人眼光看多么幼稚的东西，正正是惨绿少年的真实投影，他们能从书中找到共鸣，不热卖才怪哩，难怪报道以“不炒股不炒楼也可成百万富翁”作结。

这种美事，看在澳门的写作人眼里，真是既艳羡又沮丧。且不说从未闻澳门人有写书画画发达的，也不说澳门的（买书）人口未得人家的零头又零头；只说一样——市场概念，澳门写作人就注定不能从中分一杯羹。

澳门其实有不少文章“见得人”的写作人，澳门作家群亦自成面目。可惜多抱着自娱心态，仿佛“卖花赞花香”是多么见不得人的羞惭！有句行话“老婆是人家的靓，文章是自家的好”。到了这里就说不响了。谦逊是澳门人的美德，可太谦让了，就给人信心不足的印象，出书，仿佛也就成了千难万难的一件事了，更不要说形成出版风气了。

另一方面，澳门最欠缺的东西就是市场搞手。文化人羞于讲钱是传统美德，可往往就变成穷书生饿死自己。其实，隔邻香港早已有一套成熟的商业出版运作系统，内地也正在成型，假如澳门能有几个对文化出版业有兴趣的、熟悉港澳商业运作的搞手，北望神州，谁说澳门文化界不会出现靠支笔搵食的百万富翁?!

2004.9.11

名利

“熙熙攘攘，皆为利来；攘攘熙熙，皆为名往。”前几天看美国总统电视辩论直播，不由得心生感慨。名与利是一对双生儿，不过，从次序上看，世人对“名”似乎更为看重，皆因钱财是生不带来死不带去，而“名”则可流芳百世或遗臭万年。

“利”是属于物质层次的，有极限的，可达的；“名”是属于精神层次的，是抽象的，虚幻的，所以是诱人的。有谁会看到一千万，就马上想到某个有钱佬？看到一亿，就与某富豪的名字扯到一起？美国石油大王洛克菲勒之所以还有那么多人记得他，不因他那么有钱，只因他用这些钱成立了很多基金回馈社会，让贫苦大众受惠，死后才赚回一个美名。只有真心为世人作出贡献的人，方能真正让世人永远记住他的名字。

当一个人有了利之后，总会希望名利双收，因为“名”代表着别人对自己的成就的肯定。不过，因为“名”是要别人给的，所以它是那么难得。于是有人想到用钱去买；用钱买的名是不会长久的，因为一旦不继续注钱的话，那个“名”就没了支撑了。也有人喜欢用自己的实力去努力赚取名气，这需要持久的努力不懈，否则，谁会平白无故给你一个名分呢？！不过，这种“名”也不长久，因为喜欢它的人太喜欢了，为了维持这个“名”，分分钟走火入魔，搞出个臭名远播。

其实，桃李无言，下自成蹊。越渴求的东西越难得到，越不在乎的越是堆在你面前。一个人，若是德才兼备的话，周遭的人是没有理由看不见的，所谓有麝自然香。真正的名不是和利双生双并的，它不为利至而生，不因利去而逝；它只为真诚的理想而生，只为大众利益而存。

林近老先生仙去，我的脑际又浮现一位不缺名、不缺利，一生淡泊名利的蔼然长者的形象。上天带走的只是一个林崇栻，留下的是怀远楼主的德艺双馨。

2004.10.30

传统

去年香港出版了一套很有趣的邮票，以“对比”为主题，例如刀叉对匙箸、叉烧包对棍包、香塔对教堂玻璃、算盘对电脑、龙舟对飞机等一些新旧、中西的类比。这样的邮票设计新鲜而有趣，也令人回味。

我没有看过这套邮票的介绍单张，不知设计者的意图，或者作者只是作一些相类题材的罗列比对，但观者和用者不免有自己的猜想。电脑、飞机当然是现代化产物，快捷而高效；算盘、龙舟于现代社会而言，都属于老古董的东西了，特别于大多数年轻人，难免有“落后社会”之想；刀叉、面包于他们而言，是文明先进的西方社会的代表物，迟早是要代替筷子的；但我却未见有说觉得筷子新奇有趣的外国人要用筷子代替刀叉。

因此之故，如何延续传统一直是现代社会的热门话题。

到卢九花园春草堂看李德胜的“意到笔随”画展，我发觉“现代”与“传统”在他的手里运用得是那样得心应手。这位曾经以最现代的创作工具获奖无数的艺术家，最终还是一头扎进中国传统绘画天地中：李德胜的最新“习作”就是临范宽、石涛、八大山人等巨匠力作。

看《普济寻幽》，还是披着中国画外衣的一幅外国人眼中的中国风情；再看《镜海记事》，我脑里马上浮起的是“中西合璧、古为今用”这些词，而电脑移印等现代科技在画中的运用结合得那么天衣无缝；说《卢园探胜》是典型的中国画没人反对，可李德胜说，对中国传统绘画有深刻了解的人，还是会说它很现代。至《澳门记略》，就知近年的李德胜愈来愈返璞归真，沉醉于深深浅浅的水影墨色中了。

人，总是活在当下，现代人用现代的工具进行创作是非常自然而合理的，正如我们食中菜不一定要在中菜馆，谁能说在茶餐厅里用刀叉食炒牛河就不是吃中国菜？只不过，现代的发展是那样千变万化，当下的东西都是那么转瞬即逝，有时难免让人无所适从。唯有几千年的传统文化，以它的坚实醇厚，让人放开怀抱畅游其中，自由自在抒写心怀。

2005.2.19

日升月恒

很喜欢这个钟表展的标题，澳门艺术博物馆与故宫博物院合作的主题展的标题都起得很贴切，极有气势，像以往的“盛世风华”、“怀抱古今”、“海国波澜”等，这次以“日升月恒”祝福成立五周年的澳门特区前景如朝阳初升，繁荣安定如月常恒，相信也是每个澳门人心底的祈盼。

这个钟表展其实很有看头，早前曾在报章上看到香港的钟表拍卖预告，20世纪初的名表，拍卖价达几十万。价值何在？正如看这次展览的展品，单看表面，绝大部分都是白珐琅的表盘加一圈罗马数字，很单调。可是从钟表的历史、设计、制作等等因素来看，那么，它就不仅仅是一具钟表了，它既是时间与历史的见证，也是人类巧思妙想的艺术结晶。

有几件展品的设计很是奇特。例如瑞士制的玻璃表盘挂钟，表面上印有“专利”字样，因为偌大的表盘只依靠手表芯那么大的机芯运行，在当时应是很先进的技术，而在现在看来，还是极富现代感。现代的电子钟无疑在计时准确上大有进步，但在外观设计上可说是大大退步。现代人似乎是技术上进步了，可生活艺术上却退步了。

英国及法国当时对华的钟表贸易占了很大的分量，为了讨得这个买主的欢心，英法钟表在设计上尽量迎合中国人的口味。展品中有一座塔式及鸟笼式的设计，美轮美奂，巧夺天工，亦显示出供应商要进占中国市场的决心。但时移势易，现在要讨人家欢心的是我们，什么时候，中国人才能真正强大起来？

与钟表有关的展品中，展出了光绪大婚时皇后的妆奁图，其中一幅描画有四座大型自鸣钟。若然以现在的眼光来看，真是“大吉利市”，结婚岂有送“钟”之理！另一件展品是玉如意上的云头竟是嵌着一个钟！古人是那么渴望与宇宙进行沟通，掌握时间，也自信能掌握时间。反而对时间争分夺秒的现代人，却是那么恐惧时间的流逝，连一个“终”（钟）也不敢面对，脆弱如此，宁不令人深思？！

2005.2.26

印象

二十天内，两次看望“印象派”。第一次是专程前往，第二次是顺道往访。这样说出来，或者有人笑我转姓叶改名公了，其实我要说的是这两次行程，香港给我的城市印象。

先说看“印象”展览。正月初二那天固然是人头涌涌，或者与新年假有关；年廿十的香港艺术馆依然热闹。要说一个展览人潮光靠游客撑场，我在澳门难得看到过这么多的博物馆游客；在下午时段，我看到为数不少的家庭观众，小孩虽多，也不至于像进了恐龙馆般放肆。在澳门，五元门票看“八大石涛”书画展也嫌贵的大有人在；展览开幕礼上吃吃喝喝的小孩似乎比随便哪一天出现在展馆里的都多。怪不得学者说，要提高澳门人的生活素质，不能单往金钱上想，要多往精神生活方面改进了。

可我不明白的是，为什么“印象派”门票三十元那么“贵”，香港人却自觉地排着队去看，而我们澳门人却对身边的展览过门不入？太忙了还是太穷了还是别的原因？我们的特区政府每年大撒金钱搞那么多乜节乜展，努力提高城市的质素，可澳门人就那么不领情？

再说“路过”的印象。从港澳码头到中环到砵甸乍街，无论大街小巷，都要比澳门干净得多。同是水泥路面，香港是灰白色的；澳门是灰黑色的，甚至是汪着油光的。不信？到新马路两边随便挑哪条都差不多。不知是香港的市政清洁工人特别勤力呢，还是澳门的街道清洁都是外判特区政府管不了？

再令人诧异的就是垃圾桶。要问我香港的垃圾箱是什么样子的还真是想不起来，因为很少看到街头有垃圾箱，印象中唯一看到的是在香港艺术馆外有一个，但我也没看到电视上遍地垃圾的画面，不知香港人如何处置他们的垃圾？澳门的街头垃圾桶用“三步一箱五步一桶”形容毫不为过，配上隔两个花槽就插一枝的“请勿随意丢杂物”的醒目警告，天！澳门就真那么脏？

不都是国际旅游城市吗？怎么质素就相差那么大？

2005.3.5

俗艳

日昨看电视，一个在上海举办的外国品牌内衣时装骚，打的是中国元素牌，模特儿穿一色黑压压的各式内衣，肚兜式旗袍式小凤仙式马蹄式，几乎说得出的中国女服式样都见到了，就是没有多少件是像内衣本色的。中国女人可能会问：这些能是内衣吗？穿在身上会是什么样子？

当然，对时装稍有认知的会明白这只是一个时装骚，没人叫你照搬上身。想要说的是，在中国人眼里很俗艳的东西，在外国设计师眼里，那就是新鲜元素，那就是卖点。一如在中国人眼里，妓女才去穿的肚兜，在外国人眼里，却是那样的惊艳！

在中国人眼里，民间传统风俗流传了千百年，精炼再精炼，已有了固定的内涵和形式，要改变它几乎不可能，也吃力不讨好。它们就这样让一代又一代的人看了又看，看得大家都有点审美疲劳了。于是我们把目光转向外面的世界，外面的世界是我们未曾深入了解的、纷繁的、新奇的，于是让我们觉得是那么的莫测高深那么的令人玩味。所以，中国人看纯粹中国民俗的东西，往往不屑地以“俗艳”嗤之以鼻；对外来民族的东西往往目为“高雅”，焉知在外国人眼里，这些看法何尝不是倒了个个？

看澳门东亚运的开幕礼，我有“惊艳”的感觉，也有“俗艳”的评价。以一个在地球仪上几乎找不到立足点的蚊形城市、四十多万人口的运作能力，预想中的小家碧玉忽然变出了个仪态万千的美人儿，能不叫人既惊且喜？！

有人批评说，若抽离了渔船、大三巴、妈祖、土风舞等等澳门元素，这个开幕式的构思放到哪个城市哪个运动会都是合用的，所以是失败之作。但我们可否回心想想：大部分构思在这之前有谁想到做到？而它们恰恰与那些民间的民俗的澳门元素结合得如此和谐，成为了一道亮丽的“澳门特色”！

要说败笔，不是没有，最失败的一笔，就是没有“俗”到底——没有好好发掘利用澳门的人才！

2005.3.11

勇者

近日到永乐重看了几套旧电影，都是学生时期曾看过、印象较深的，相隔多年，观感竟有了很大差别。

当年看《城南旧事》，正是少年不识愁滋味，如今重看，竟是一个“愁”字怎生了得！每一回“长亭外、古道边”响起的时候，我都忍不住落泪。写得好，演得好，表达得也恰到好处，描绘“剪不断理还乱”的离愁别绪，《城南旧事》堪称经典。

对于《小城之春》和《早春二月》，我自己是难以取舍的，只能说两部片子各有所长。但在角色描画上，我较欣赏的是萧涧秋，所谓“勇者”是也。从他身上，投射出知识分子在大时代变幻中的无奈及勇气。一身落拓的萧涧秋来到芙蓉镇，一心想找一个桃花源，可社会上还是有很多“文嫂”“福生”在苦难中挣扎，他又救得了谁呢！但勇者无惧，虽万千人吾往矣，为理想而勇往直前，萧涧秋是大丈夫！

有一套想重看但时间不合的，就是《柳堡的故事》。一说起来，很多曾经看过的人对它都很有印象，以至于当我听到这片名时马上极力向同事推荐。当年我看的时候大概才十来岁吧，对政治、爱情之类的东西也全无认识，但就是被片中对国家对有情人的纯洁的爱感动，印象是如此深刻，或许，这种力量就是艺术上所说的“单纯的伟大”吧，就因为它包含的感情单纯而专一，才能引起广泛的共鸣。

当然，这片子放在当下的人们眼里，它会显得太简单了。现代人太多要考虑的东西，世事太多的变幻也令人麻木。现代人追求的是离奇曲折、酸甜苦辣的爱，对这么平凡无枝节的爱情自然是不屑一顾的了，再加上这爱情要为国家作出牺牲，就更认为是不可理喻了。

但我以为，20世纪50年代中国的爱国主义教育是成功的，当年的艺术家们把满腔爱国激情投入到艺术创作中，他们的作品也深深地感染了观众，这就是艺术的魅力。正如我们所熟知的道理一样：没有创作激情的作品就如无病呻吟，只会令人看得乏味。

正因如此，《柳堡的故事》也就更令我怀念。

2005.4.1

艺人

看到娱乐版上的艺人，大多是看到她们的广告、绯闻等，即使说到宣传拍了什么戏的，也多是床戏、接吻、假戏真做等等八卦的东西。有说，有怎样的读者，就有怎样的新闻；难道，就没有肯听肯看真正演技的读者？

当然不是！问题是，没有演技的艺人恼怒传媒只会问她们绯闻的时候，她们也心知自己是没有多少专业话题可对人言的。于是，她们越发以娇嗔来掩饰自己的心虚，以博取人们的注视。

这种劣拙的演技俯拾皆是，甚至在很多不是处身娱乐圈的“艺人”身上也很常见。

我所说的这类“艺人”，是那些以“艺术的名义”找工作（或者找着数）的人。

本来，能以致用当然是最好不过的。虽然读中文系的不一定都成作家，但我就极少听到有人说“我是搞中文的”；现在“喜欢艺术的人”越来越多，耳边听到“我是搞艺术的”时候也越来越多，以“艺术”为名的展览如走马灯般开得停不了。是否搞的看的都懂得他们正在做什么，真是天晓得！

当然，听他说搞展览的时候，千万不要报以特别眼光，须知道有一个名词叫作“艺术家脾气”，听在他本人心里，那是值得更骄傲的；我所指的是那些“只有我的艺术才是艺术”、转眼就翻脸的“艺人”性格。

“艺人”们总是很忙碌的模样，手机总是“我唔得闲，有事留低口讯”，然后看看他有没有心情回复你；或者，根本是看他需不需要你，才考虑是否回复你。当需要你帮手或帮口做宣传时，他就会很神通广大地找到你电话，不停地“帮帮忙啦！”；当事情告一段落，他们会自动自觉消失，无论你如何打多少遍他的电话，都不会有人理睬你的。

这就是当下“艺人”的“个性”。当有赚外快的机会、当有可以让他自我表演一番的机会、当有让他可大出风头的机会，你就会发现街上突然多了很多身怀目标的“艺人”。

或者说，搞艺术的也是人，也会肚子饿，但光有硬刮刮的票子白花花的米饭，是不能够养出真正的艺术家来的。

2005.5.14

听心

去文化中心听《听海之心》，抱有很大期望。台湾的现代舞团发展到现在，其表演往往令人期待，即如“云门”，已是国际一流的水平；最令我欣赏的是他们对中国文化的深入理解和诠释，再以现代人的审美观加以包装，我认为是中国现代舞台的未来路标。

中华民族五千年的文化是一座宝库，可惜我们看到的大多是浅表的解读及移植。有了一定年纪的，看着舞台上的红红绿绿人肉阵，只能叹句“审美疲劳”；年轻一辈已是对外国舞台投怀送抱了。这一点，在澳门文化中心的新节目单上已体现出来，打头炮的《激流狂舞》，只可说纯属炫耀现代舞台先进设计，其实与中国舞台上炫耀人多势众又有何本质区别？在对中国文化的继承和发展上，澳门人的包袱较轻，但也并不等于我们就一定要硬啃外国文化快餐的，文化中心任重道远。

之前在报章上看到不少有关《听海之心》的推介，一个节目未出街就有连篇累牍的推介，在澳门是极少见的。众声喧哗，可惜，篇幅绝大部分集中于“优剧团”的成立背景、训练过程、巡演情况等表面介绍，与表演相关的文化内涵、舞美、灯光、服饰等的分析引导却少见论及，可以说，量是足了，质还欠奉。似乎组织者的眼光还是注重在让观众“耳目一新”的层面上。

若单单从这一点上看，主办者已达到目的，因为《听海之心》也不乏炫技成分，但其动作设计总从属于主题的表现，是有根有据，有始有终的。这也是在节目引进上比《狂》进步之处。

当晚的入座率约七成左右，我该说替主办单位欣喜，一来这已是不错的入座率，二来留给将来很大的进步空间。散场后，与一名优剧团团员交谈，他表示除非有特别邀请，否则应该不会再来澳门演出这个节目了，那晚的入座率是令他们失望的其中一个原因。

那么，可以说，大家都碰上了同一个问题了。文化中心如何在引进更优质节目的同时，引导更多的居民走进剧院，共同提高我们的人文素质？

2005.8.6

魅力

近月每晚放工后，都会追看一套十年前很受人追捧的剧集，因为它的情节扣人心弦，现在深宵回放，还是觉得很吸引。

不过，它也渐渐令我感到受电视控制的烦恼，我必须依时守候在电视机前，必须连同接收无谓的广告，把每天这一段特定的时间“卖”了给它。最可恨的是，我还不能自主决定该看哪一段、重看哪一段、什么时候可以看到结局，这是多么无趣！多么无理！

这种欣赏方式令我感觉非常不自由，我可以选择不追看它的，可是我的八卦心理却引诱着我想知道下一步及结局，而且演员的演技也很好，于是就这样每天困在电视前“浪费”掉睡觉前的那一个钟头。

每天有多少人就这样被电视浪费着生命？大概是天文数字。可我们一点也不觉得有什么不妥，因为它是那样的舒服：坐着、躺着、喝着可乐、吃着零食……然后我们沉迷，变得满肚痴肥、满脑痴想、满嘴懒音……

所以，经历过冇电视与有电视两个年代的人，备觉文字阅读的自由和自主。这种情形和感受，一如经历过无机种植的快速狂喜之后，人们重新怀念有机种植的淳朴和鲜美。

纯文字书籍让眼睛看的同时，脑袋里可以有极大的自主想象空间，我们可以一口气追看下去，可以随时停下来幻想一番，也可以走到哪里看到哪里，不满意的话，还可以自己动手写。到了这阶段，我们已经升级——从欣赏者演进成创作者，思想和生活就在这个过程中得到思考和改变。

所以，这就是虽然电视已经普及了廿多年后的今天，传统的报纸杂志还是担当着日常阅读的主流角色的原因，也是文学能够坚持和延续的动力。

在一个星期前的澳门文学奖颁奖礼上，我看到出席者和得奖者都是那么年轻，一群年轻的诗人聚拢在一起热烈地讨论，久久不愿散去。文字的魅力是那样迷人，无论你任何时候投身其中，都会再也舍不得抽身离开。

2005.12.3

年结

我们熟悉的“大众妈咪”笑姐日前获颁澳门文化功绩勋章，交出了一份漂亮的年结。

教育与写作表面上看，似乎是两个性格不同的兄弟，教育是以理性做基础的，群体影响的；写作是感性的单向的交流。不过，两者却同是要面向大众，直指人心，一如韩愈所说的“传道、授业、解惑”也，这是两者共同担负着的责任。笑姐今次的获授勋，是早春里绽放的梅花，足证澳门文学的存在价值，是大众对它的肯定和支持，我们期待澳门文学园地百花盛放、欣欣向荣的到来。

重读《镜海》对杜余的专访，他批评说澳门的写作人“太闲适了”，是的，无论数量和质量上来说，澳门的大部分写作人在创作上可说没有什么外来压力，若有，那也是自己给的。因为大家都是业余的兴趣爱好而已，兴趣是不应成为一种压力一种负担的。可是，没有压力就没有进步，外界没有给予压力，我们却应对自己有所要求！正如杜余所说，专栏写作也是一个公共空间，有公众对它的要求，有它自身的责任，这是社会的期望，也是传统的责任。

或许，现代艺术讲求主观的感觉和表达，当代写作也是一样，“传道、授业、解惑”这传统道义说来似乎太沉重了，所以，当面对现实，有人害怕有人逃避有人轻描淡写，我们自动放弃了我们的力量！

回顾年来这个小方块的写作，太多的是批评，太少的是称赞。澳门近年改变很大，进步之处很多，但我们看事物的眼光总是把进步当作必然，把缺点看得罪不容诛。其实世间上又有哪一件事物是完美无瑕的呢？笑姐说，批评的文章易写，因为骂人总是痛快的，易于取悦读者的；可是写作是不应为了骂而骂的，骂是为了指出缺点，促其进步。

我想，那是因为我们与澳门一起同呼吸共命运，把这里当作自己的家，往往我们爱之深责之切。可惜很多时由于认识的肤浅，骂得并不到位，责得也不够彻底，流于为了骂而骂，为了赞而赞，这当中实在大有学习和进步的空间。

2006.1.21

邃古来今

趁着新年假期，在澳门的博物馆流连，艺术博物馆展出的《邃古来今》更是看了好几趟，我特别挑了不是假期的上午去看，人不多，可以整件展品“霸住”来看个清楚。

中国人实在好应该感激乾隆皇的，没有他，就没有《四库全书》，汉语典籍的保存或许更为零落；没有他，中国工艺美术也不能在二百多年前重攀高峰。宋代是中国艺术史的一个高峰期，但蒙古人来了，一切都灰飞烟灭；明朝有奇葩突出，匈奴人来了，乾隆皇把它们发扬光大。难怪人们总喜欢把他认作汉人，可爱的是，他也喜欢扮作汉人。

虽然标榜是仿古展，但有几件是作比对用的原物，都是西周、战国时期的青铜器，这是展览其中一个难得之处，从中让人领略文化的传承关系。事实上，无论多么新奇、多么伟大的发明创造，都不是凭空而至的，人类的每一项或重大或微小的发明创造成功，都基于完善本身生活发展需要，而这种完善又是建立在对前人已取得成果的吸收、利用及改良的基础之上，我们并不可能抛开现实、抛开传统、抛开时代去实现纯粹的创新。在这一点上，乾隆皇可说是继承和发扬中国传统文化的高手。

曾听过有人说，乾隆也不过是个翻版高手。但请不要忘记，若没有他对汉族文化的仰慕，没有他对古代工艺的追摹“翻版”，很多古代艺术的精彩之处，今人就只能从故纸堆的字里行间去想象了。

说到底，乾隆的第一身份是当皇帝，而且是治国高手，对艺术的欣赏追求只能在日理万机的余暇里进行，在我看来，那已经很了不起了。

虽则说乾隆在艺术上没有什么独创之处，不若宋徽宗在画书艺术上有成就，不过，被后人备极推崇的“乾隆工”，却是代表着材料靓、手工好、构思妙的高品质制作标志。

2006.2.11

态度

上周末到广东省美术馆参观梁明诚教授的雕塑展“信马人生”及吴海鹰教授的油画展“大度的朴实”。“信马人生”的展览可以说是两位教授近廿年来创作的一个总结，梁教授说展览中最新创作的就是《信马人生》系列，也是对几十年人生路的一种感悟、一种态度。

我们有幸邀请到梁教授和太太吴海鹰抽空到馆一齐看展览。两位教授完全没有架子，亲切而耐心地一一为我们这群“小学生”解说创作上的构思、技巧、材质等方面的疑惑，整整一个上午，我们年轻人也觉得累，但两位教授又要站着又要解说，脸上始终带着笑容，不露一丝疲乏。这种风度，给我的印象尤为深刻，比看展览的感悟更大。

近年来，在书场上看到有不少对大师级艺术家的回忆录或随笔，从字里行间感受到，越是创作经历丰富、艺术修为越高的大师，其对人对事越是亲切越是宽容，这就是“德艺双馨”的一个体现了吧。从前的师傅收徒弟时，总爱说的一句话是“学艺先学做人”，虽说现在不会再有老师对学生强调这句话，但相信梁吴两教授已用“身教”为学生、为我们作了这样的示范和启迪。

梁教授的雕塑创作早在20世纪60年代已有名气，当年更作为国家代表到意大利参与世界雕塑创作展，夺银奖而荣归。在说到这段创作经历时，梁教授表示，当时回国后，已自觉有能力作较前卫的抽象创作，但考虑到当时内地民众的欣赏水平还停留于传统具象的层面上，因此他选择了侧重意象创作。

以当下的艺术欣赏风气来看，梁教授的创作与外国艺术潮流大相径庭，难怪我们的指导老师说梁教授是当前中国十大雕塑家之一时，部分同学面露疑惑之色。我想，在当今崇尚抽象创作的年代里，梁教授坚持这种接近大众、引导大众的创作态度，“非不能为也，是不为也”，更令我肃然起敬。

澳门的艺术创作基本上可说是走向两个极端，传统的十分传统，现代的十分前卫，表面上河水不犯井水，但当中有否一条折中交融的道路，能让更多的普罗大众更易于理解、愿意亲近艺术，从而提升欣赏能力呢？

2006.2.25

搞展览

我比较爱看展览，博看多益嘛，就像看书一样。不过，看多了，也真的感到脑子有点乱，开始感到有必要挑着来看了。特别是本地展览多，几乎是隔天就有新展览，花多眼就乱，实在有必要去芜存菁；否则，什么都去看一番，眼睛跟脑袋就会像坐过山车，一次两次会很刺激，多了就很不适合。

在展场稍为留意一下，又发觉到另一种现象：展览虽多，看的人却不多。观众当中，撇除挑着来看的本地人之外，大多数观众是游客。

这其实不是一个好现象。特区政府投放这么多资源搞这些展览（包括民间的也是绝大部分由特区政府资助），为的是丰富和提高居民的文化素养，但居民却不领情，可说是浪费资源。

虽然说展览是开放性的，游客绝对应该是观众一部分，这对打造澳门的文化城市形象也是好事。不过，“文化城市”的形象光靠别人来撑场，到底是一个空壳，无以为继。

为什么会有那么多展览？那么多居民不去看？

有时看展览，让我有受骗的感觉——太滥太烂了！某些展览其实是某团体的一次旅游活动的照片展示，毫无艺术性可言；也让不知就里的观众以为澳门展览的水平真的如斯不济，打消再看其他的念头。

越来越觉得有些展览像做骚。展期只有两三天，完结了才在报章上登个消息。这些展览分明不是要让人看的（可能策展人根本就不想有人去看），为的只是好向资助单位交代，又或者是为了完成向特区政府申报的年度计划，匆匆而展。

最令人诟病的是宣传不足。看看特区政府部门搞的展览宣传，来来去去三板斧——街招、海报、小册子。不多不少，一式一样，功夫有做，收效却微。说到宣传海报，该赞的是它们都称得上是设计高雅，制作成本也高，所有展览单张像极一个模子套出来的。高成本的制作，好看是必然的，可是有否想过讯息接收者的水平却是参差不齐的呢？特区政府部门服务的对象是普罗大众，“雅俗共赏”这个要求并不高吧？可惜，连展览内容、起止日期这些最基本讯息，有时也不能轻易在宣传品上看得出来，如何说到吸引人们的观看意欲呢？！

2006.3.4

看展览

曾经有位画家欲言又止地对我说过：不要看本地的画展。但我对这句话的字底意思总觉是错摸了，所以一直没听进这句话，一来我还没正式跟什么师什么派，不怕学得不伦不类；二来总觉得多看多获益，但看得多了，这才感到这句话实在很有道理。

正如我们看书，“博览群书”该有多好！可是“囫囵吞枣”又何益之有？徒然浪费时间。更严重的是，现在的出版社及出版书籍用“一夜百花开”形容并不为过，但质素却是良莠不齐，抄袭翻版众多，纰漏谬误连篇，一不留神就“中毒”了。可以说，今时今日，买书看书也到了要找名牌（大型出版社）的时候。不过，看到近期商务印书馆出版的《新华字典》让人找出上千错漏的官司纠缠，又让人慨叹消费者面对茫茫书海，选择何其难哉！

看展览也是一样吧！

按理说，展览是越开越多越好的，不过，当中又涉及质素、观众、路向等等问题。搞展览，当然是希望越多观众越好；多观众观展，展览也会越开越多；而质素好的展览与观展者也是一个互为因果的关系。但在澳门，似乎只是单向性的，目前还未能看到这种互动的局面。

不单是一般澳门居民不热心去看展览，就连与艺术沾边的也懒得去看。不妨去问问正在读艺校的学生、正在教学生的美术老师，我敢大胆说，他们当中能有每月抽出一天去看展览的人，真是凤毛麟角。

既然是家门边的展览都不会去看，那么外地的就更不会去看了吧？若说到要掏些钱才能去看到的就更说不上了！什么都不看，何以自身提高？何以教学生？或者，平日从报章上看到的学生画作及公开儿童绘画比赛作品，就大概可以领悟到“本地的画展不要看”的另一重含意了。

既然身为家长的、身为老师的也不热衷于向好东西看向艺术看向世界看，那么，希望我们的孩子有气质富修养就似乎是一厢情愿居多，培养本地原创艺术人才就更是后话了。

2006.3.11

资源

澳门现存有两千多个社团，相信可以去申请一项健力士纪录。为什么会有这么多的人结社组团？我不知道。当然，我知道自由社会里每人都有结社和集会的权利。那么，社团密集现象是否就表示澳门是一个极度自由民主的社会？相信大家都明白这不是一个非此即彼的二元推论。

不过，有一点让我很怀疑它就是社团纷纷成立的原因：若想取得特区政府资助的话，你就要“入会啦”。当然，肯定有些人组会纯粹个人兴趣，又或者志同道合，“一齐去搞搞东西”早期的社团多属此类型。早前，我出席一个团体的成立仪式，看到其成立宗旨上白纸黑字写着就是旨在为了取得特区政府举办大型青少年活动的协办权。

有协办权就有了资源。这情形让我想到的是，在港澳甚而内地，无论中西饼家，总是虎视眈眈着每年的中秋节，无它，这是一个大饼，大有大做，小有小做，细饼家做个中秋节月饼生意，几乎可以维持一年的营运，争崩头就会是必然的了。

我丝毫没有鄙视这些摆明车马要争取特区政府资源的团体的意思，我反而欣赏它的坦白和自信。假如这笔资金能够帮助到他们在平日里去做好一些真正有意义的事，又或是能让他们安然地进行个人创作的话，我倒是很赞成他们这样做的。因为，真正的艺术工作者应该是有能力去为社会出一分力，并且取得应有的报酬。真正的艺术家，绝对应该以自己的能力赚取生活和创作所需的资源，而不应坐等呻穷。

但若果我们这个社会的艺术家（更多的是艺术工作者）已经这样做了，却仍没法维持创作环境的话，那应该是我们的社会环境有问题了。比如，以一个团体的名义，能申请到特区政府批出资源资助买礼物探访老人院或者搞大型的节日联欢派对，为什么却不能以个人名义申请资金制作一张本地的原创音乐光盘？又或者是一次艺术表演？

如果说，以团体的名义申请是为了方便特区政府作厘定审批发放资助，个人名义难于判定的话，那么，我们是否也该为泛滥的社团文化负上一份责任？

2006.3.18

死亡之歌

最近有一套亟欲一看的电影《布达佩斯之恋》，据说主题曲十分忧伤，能令人听了有自杀的倾向，有“死亡之歌”之称。我不希望验证这个或者可能是噱头的说法，我倒是希望看看它有否角逐明年奥斯卡的实力。

二战时期德军对犹太人的大屠杀，在这廿多年间一直是欧美电影的一个重要题材。尤其近年，在德国认真对待历史、世人对不断的宗教及种族冲突杀戮进行反思的影响下，这个题材的艺术创作更惹人注目。在这种情势下，一些导演纷纷以不同的角度、手法拍出了几部很精彩的电影，更瞩目的是，这几部电影都攫取了美国奥斯卡的“最佳影片”奖。例如美国史匹堡的《舒特拉的名单》、法国波兰斯基的《钢琴战曲》、意大利贝尼尼的《一个快乐的传说》等。

《布达佩斯之恋》除了引发我对它获奖的好奇心之外，它还令我想起“新德国主义运动”电影浪潮中，天才导演法斯宾达拍于 1980 年的《莉莉玛莲》。那套电影是法斯宾达的“德国女性四部曲”其中之一，也是描绘二战中一名女歌手周旋于德军与犹太人之间，挣扎求存的悲惨故事。影片以一曲《莉莉玛莲》贯串始终，忧怨动人的旋律，道出大时代中，战争的无情，人性的丑恶，爱情的无奈，个人的无力感。是所有这类电影中，我最喜爱的一部。

电影作为第八类艺术，影视娱乐是如此无孔不入地深入我们生活的当下，若然艺术家能以一腔热诚对待历史对待现实的话，观众将会报以广泛的共鸣和热情的。“死亡”是一个永恒的创作题材，但单单叙说某个人的死亡，那只是一段八卦新闻，但若然把它放到一个国家一个民族的兴亡这个大背景下进行创作，它就有了政治意义有了社会意义有了历史意义，也就有了更多的内涵更多的解读更多的共鸣。真正的艺术创作，是不可能脱离现实也不可能脱离政治的，从电影创作中，我们也可一窥端倪。

2006.3.25

仰慕

人生总是有许许多多的遗憾，错过许许多多的东西，我很明白，错过了就是错过了。

因为工作上的原因，无法到五月书香节新书发布会上“仰慕”一下澳门的作家群。说是“群”，一点不差，三十位百分百澳门作家以真面目与喜爱他们的读者见面，这是以往从未有过的事呢！这种盛事，可称“空前”，相信在一段短时期内也是“绝后”了。

有些作者，是我以前在他们的新书签名会上曾见过的，有些经常见面却并不很熟悉，有些只是纸上神交。不过，他们全都是令我仰慕的写作人。

说是“仰慕”，绝不是客气话，因为他们不需要。因为我知道三十位作家全都不是全职作家，写作只是他们每天“俗务缠身”中的一项热爱、一项坚持，他们当中有些已坚持写作几十年，我相信，写作已升华至他们人生中的一份追求和理想了。现今社会里，年轻一辈中有多少人敢于为自己设下一个理想，并孜孜不倦地坚持几十年？看书中对老作家的访问，几十年后回顾这一份心情，会是“轻舟已过万重山”，可是过程中的酸甜苦辣，真是只有天知地知自己知了。

澳日副刊课退休的老编辑伍松俭先生回忆说，廿多年前，他当副刊编辑时，当时澳门写作人之少，连约稿都觉得困难。到如今，好不容易有了一个作家群，可是文字写作也走到了成为艺术品的路上；不知再过十年后，惯于用网络语言表达的年轻人，看《新园地》时，是否也像现在我们看后现代艺术一样艰涩？

在澳门当作家，最高的境界当是“随心所欲不逾矩”。不但写作如此，其他艺术创作也是如此。澳门人写作，一直都难。难于时间、空间、题材、机会……其实，这些困难在其他时候其他地方同样存在，也同样有人在坚持着，只要能坚持下去，就是胜利。正如其他艺术创作一样，天才是罕见的，且大多如彗星掠过天际；撑起这一片天空的，就是每晚不休不眠的满眼繁星了。

2006.5.5

代价

因为贪得意，我拿了两张习作去装裱，主要是为了“骚”给别人看。当然，假如是天才，画作“丽质天生”，自然是以“清水出芙蓉”的面目见人，无须画蛇添足；可惜我学人风骚似拉牛上树，看的比画的辛苦。唯有后天妆扮一下，以方便见人，这就是虚荣的代价。

因为不是用作公开展览的画，所以我与同学仔相约到拱北艺廊去裱画，当然是贪平之故。事实上也是够便宜的了，一幅A3的工笔画，做压镜用的装裱，只不过是十八元，我无法想象是如何做到这个低价的。

忐忑的心在约定的一个星期后沉到水底，我发觉裱画师傅用的是流水式作业，把我们的画摞成整齐的一叠，然后像卷炮仗似的上胶水、托底、捆边。结果有同学的牡丹被裁去半朵，有的山石底下露出一截白边，我本来要求把画的一边多盖的印章裁去的，却发觉原封不动保留下来。画廊主人看我唔收货，就说不收钱再给我重新装裱，我说我宁愿多给你十八元给我送到澳门去——那当然是不可能的事了。

为了那么便宜的十八元，我付出了双倍时间、精力，用了两个晚饭时段，才完成一件在澳门可能用半小时已办妥的事情；当然，在澳门做此事的另一代价是要付出数百元的装裱费。

凡事都是要付出代价的，所谓“便宜莫贪”，可幸上述代价我还能付得起。不过，若是长期吃进有害的食物、使用有毒的日用品而导致生癌的话，那就不是我们期望中的收获了。

所以我不相信世间上会有只有一方得益的事情，正如毛泽东教导的“两分法”：分析事情要从正反两个方面看。没有绝对的好没有绝对的坏，就看我们从何角度衡量得失而已。

譬如澳门成功申遗，无疑为发展旅游业赚到一块金漆招牌，不过，当城市要发展改造的时候，又会有人嫌它阻手碍脚；古董可以卖钱系人都知，到手后马上转手也会分分钟赚个开；但若持久拥有，得益更非鼠目寸光者可以想象。

2006.6.17

爱唔起

杜国威先生真是编剧老手，一出《我爱阿爱》在小城演艺圈掀起不少的“小风波”。

初看剧名，我不以为然，太平淡了，是吧？现在哪一部戏名不是语不惊人誓不休？再看戏匭，老夫少妻、争产，唉！心里手边随手拈来，哪一件不比它精彩？没有“审美疲劳”也有个“阅读疲劳”了吧！剧名该算是败笔。

不过，杜先生笔锋一转，马上直奔正题：中年人的爱。我相信这是经过精准计算可能入场观众的年龄而设计编写的，拉队而去的老人中心观众及慕杜国威之名而捧场的中年观众，应该都会看得很投入。姜，还是老的辣！

剧中留下一个悬而未决的疑问，孩子究竟是谁的？按照中国观众普遍的看戏心理，这是至关重要的：若孩子是老父吴坚的亲骨肉，接下去的情节毫无疑问顺理成章是由吴家子女负起这个重担了；若孩子是外来物种，那么，大可将阿爱扫地出门，一天光晒！

传统戏匭就是这样了。不过，杜国威还未老得晒，他紧紧地捕捉住活在当下的中年人的感情、家庭生活进行反思，在传统中翻出新意。

其实我未看过这出戏的，不过，我真是对这个话题产生兴趣：爱一个人，一定要为他生孩子吗？特别是戏里的那个吴坚与阿爱。

作为一个垂死的老人，凭空得到一份“上帝的礼物”，何其幸福！但又决意要为子女留下一涿“苏州屎”，何其不幸！须知道，据说现在养大一个孩子要四百多万呢，何苦要为并不发达的子女百上加斤？！一片慈爱翻成怨恨？

一个才三十多岁、只能去当家佣的中年女人，我敢说，她的学识及工作能力并不高，强要为一个老翁生仔，除了觊觎遗产应别无所图；此外，日后再嫁亦添困难。日后，当孩子面世之日就成了一个人球、众人的心病，甚或社会的负担，何来幸福可言？

我们在指摘戏里的儿女罔顾老人感受的时候，可否想想，中年人处身其中也有喘不过气的感觉？把一个孩子生下来，然后把他作为一个包袱抛给别人，是十分自私、不负责任的。

真正的爱是无私的、处处为对方着想的，在想想社会能为自己做什么之前，想想自己可以为社会做些什么或者减轻些什么负担的话，才是一个充满爱的世界。

2006.8.26

时光

容许我转录以下由西班牙歌手安德烈·波切利所唱的《时时刻刻》的最后两段歌词：

> 生命往往由微不足道的事情和时刻凑合而成，
> 但当你一旦失去了它们，
> 你总是数算这些不再复返的时间到底是什么时候消失的。
> 或者当你看到这些曾发生过的事情后，
> 你会觉得光阴荏苒，
> 而你所剩下的记忆实在是所余无几了。

好像曾有作者与大家分享过这歌词的片段，不过，我想，每个人的感受都是独特的。艺术的魅力就在这里，它能引起广泛的共鸣，然而每个人的感受又个个不同。

当我在艺博馆《都市漫游》摄影展里看到这段序言里引用的歌词时，泪水慢慢地湮上了我的心头。

澳门曾经是一个怎样的城市？澳门现在是一个怎样的都市？我们如何看身边的世界？别人如何看我们的世界？澳门真如表面的那么风光吗？……《都市漫游》的镜头定格在铁闸后的少女迷惘的一双瞳孔间，定格在一级一级残破的格仔瓷砖楼梯上，定格在一幅幅朴旧的有着复杂灰调的水泥外墙中。

这就是我们身处的城市吗？为什么不拍那些高楼华厦？为什么独独钟情于这些老旧残缺的东西？同样的疑问，我曾于七年前问过作者，作者当时以一脸愕然而又不屑的眼光看了看年轻的我，只回答说“我喜欢！”。七年后，我的儿子同样这样地质疑于我，我以我有限的理解告诉他，画面上除了有着艺术家所喜欢的黑白灰调子外，还有着他们对这座城市的记忆、理解和热爱。

或者，年轻的人都向往新鲜的事物，急于抛掉旧日的包袱，满怀憧憬迎接美好的未来；然而，有过一些经历的人或会明白，旧的不全是坏的，新的不全是好的；奔向新世界的道路上，我们或许有时一帆风顺，或许也有碰得头破血流的时候。这时候，我们会开始或者益发怀念陪伴着一路走过来的那些人和事和物，这些记忆开始沉淀成醇和的美酒，往昔的苦涩变得芬芳。所以，你当可理解，一座小小的蓝屋仔，足以牵动多少人的岁月情思。

或者，是我已经开始老了，开始习惯于捡拾回忆；而我的关于澳门的记忆，也随着澳门急遽变化的脚步而无奈地开始变得苍白。

2006.9.25

文化·产业

林怀民卅三年前创办了云门舞集，发展到现在，不用说，已成为台湾的一个文化标记，所产生的台湾文化形象宣传及商业效应已成形为一个国际文化品牌。舞团一年到晚忙碌的演出不说了，关于林怀民，就有不计其数的以他为蓝本的文学艺术创作，单单以几幾米的绘本来说，就有“献给林怀民”的《幸运儿》。《幸运儿》是我认为幾米绘本里最有深意的其中一本，也是销量最好的其中一本；还有，它在各地以不同版本行销、被制成明信片、还被计划拍成电影……因“林怀民”、“云门舞集”所牵扯出来的艺术及商业价值，无论从“质”从“量”看，都是惊人的。

约廿年前，在北京远郊一所已被废置的军工厂里，开始有艺术工作者进驻创作及生活；其后，这座工厂渐渐被冠以“798艺术村”，“798”是其原本工厂的军方编号，而“艺术村”则成为广为招徕的商业及旅游品牌。现在，艺术村里的原居民有些忙于应付络绎不绝的中外观光客、有些则忙于为各种艺术创作充任模特儿，附近的地皮及住宅也因着这艺术村的名头而媲美豪宅价钱。当然，村中挨过多年寒苦创作的艺术家们就不用说了，大多都是荷包饮饱肥仔水了。

以上所举两例，以当下澳门最热门的词语来形容，就是“文化产业”！两者都有共通点：以艺术家自身努力、长时间的创作积淀、特区政府在硬件上的支持，赢得其艺术上和商业上的地位和价值。

澳门明年度施政报告出台了，特首说，澳门要大力发展文化产业，令人翘首以待的当儿，话头一转，却变成了发展饮食文化产业。怎么会是这样?!

饮食当然有着深厚的文化基础，饮食文化更可以“博大精深”来形容，它早已经商业化及产业化至十分成熟的阶段，何劳我们特区政府去大力倡导?!

不过，若再以邻近地区的产业行销情形来衡量，澳门的饮食还真是远未踏进文化的台阶。请试列举一两本本地出版讲饮讲食的书？试列举一两个本地设计的产品商标？试列举各手信连锁销售店的形象图案？到底真正的澳门土生菜是何面目？……这样看来，澳门几百个文化专业范畴团体选了一个搞饮食的人做其议会代表，还真不是没有道理的。

2006.11.25

雅俗

似乎《满城尽带黄金甲》未能赶在这个长假期在澳门上画了，对于张艺谋，人们总是又爱又恨，《黄金甲》的艺评也是如此。张艺谋出品，怎么说也不会差到哪里去；可是，我却替巩俐难过的是，从此片而后，得了个“乳后”之名号。

港澳人本来就得风气之先，每天面对外国歌星影星没上没下的穿衣方式，早应见惯不怪，但不知为何，就是还未看惯已与国际接轨的明星的衣着。诸如巩俐，心口穿窿的旗袍其实别出心裁，由巩俐穿上真是天造地设。可惜并未得到国人欣赏，看来，“乳后”之名号不但贬多于赞，还转移了此片的视线，不知老谋子如何看此情形？

说到“乳后”一词，让我想起坊间所创的一些女人专属名词，诸如“飞机场”、“长平公主”、“微波”、“胸前伟大”、“波涛胸涌”……我不想讨论以什么标准评定这些名号是否恰当，只是觉得香港人在发明这些词语方面真的是独步天下，以上这些名称当中，既有一针见血的，也有语意俱佳的。“长平公主”与“微波”既含蓄也形象，有引用经典，也贴近生活，最好之处就是不会太白，明白的人一听就会心微笑，不明白的人听了也不会尴尬。语言的魅力也就在于此。

有些人也想学人玩口水花，可惜文字功力又未够深厚，只能捡些坊间粗口来过瘾头。譬如香港有间标榜本土创作的店铺，10月期间新货上场，用上“delay no more”（“不要再拖”

或者“想买便买”），虽然字面上玩心理游戏，捉到香港人慌死执输买唔到的羊群心态，但若明白它是套用了一句粗鄙的广府粗口的顾客，我就宁愿冇，都好过畀人劈头劈面“问候”阿妈。

记得“高高在上”的桦叔曾写过：不执于雅，不流于俗。有阳春白雪，必有下里巴人。虽则听到粗口是身边常会发生的事，灵活套用未尝不可，甚至有香港新锐导演刻意让主角大讲粗口。但无论用得如何妙、讲得如何绝，粗口就是粗口，它的“发明”的本意是用于伤人的恶毒的，无论改造得如何巧妙，也只能是“恶之花”。

2006.12.23

诗人与诗

书香文化节在塔石体育馆开幕了！书香文化节每年都有重点推介，特别会推出一批本土创作的书籍，搞得有声有色的十分吸引。继“遇见百分百澳门作家”，今年一口气推出五位本土诗人的诗集，周六的诗歌朗诵及签名会“诵声喧哗”，你应该不会错过了吧?!

有一点让人感到迷惑的是：作家很多，诗人却很少；有风格的作家很少，有风格的诗人却很多。似乎，诗，都是比较难写的。我想，那是因为，诗，都是情感经过千思万虑的结果；不过，诗，却又是激情的宠儿。于是，情感历经反复锤炼的结晶品，就是诗了罢；多少个无眠的夜，激情的顶点，那就是诗的灵感所在了罢。大概，最浪漫的诗，背后的锻炼也是最痛苦的。那么，诗人岂不都活在痛苦之中？

我想，那一定不会全都是这样的，只不过是上帝给了他们最丰沛的情感、最浪漫的性灵，然后，给他们戴上一顶附着了荆棘的桂冠——那是人生最甜美而痛苦的一部分。

我有幸认识五位诗人当中的四位，他们在我眼里，都是气质独特、灵气十足的美男子。诗如其人，上帝对澳门真是青眼有加。

我天生欠缺作诗的基因，却与大多数读者一样，很爱读诗，读诗，弥补了生活中的平淡，为人生的伤口抚上一张轻柔的软膜。仅以温柔的诗人冰心所翻译的我尊敬的诗人泰戈尔的

《吉檀迦利》之第102篇，献给这五位诗人。

我在人前夸说我认得你，在我的作品中，他们看到了你的画像。他们走来问："他是谁？"我不知道怎么回答。我说："真的，我说不出来。"他们斥责我，轻蔑地走开了。你却坐在那里微笑。

我把你的事迹编成不朽的诗歌。秘密从我心中涌出。他们走来问我："把所有的意思都告诉我们罢。"我不知道怎么回答。我说："谁知道那是什么意思！"他们哂笑了，鄙夷之极地走开。你却坐在那里微笑。

注：冰心在译记中说，"吉檀迦利"意即"献诗"。

2007.12.10

粤曲普及

接连看了两场粤剧表演，一是《豉味萦牵四十年》，一是雏凤鸣演的《帝女花》，感觉有点滞。

“滞”的感觉来自于太丰盛，一时间未能消化得了；另外，是碍于没有这方面的基础，消化起来显得辛苦。

到澳门之前，一直以为，粤曲、粤剧是那么古老的东西，只是乡下人无处消遣时排遣时光的梦呓；来到澳门，不意竟发觉，粤曲是如此深入民心的时髦玩意儿。可惜，终日为口奔驰，耳际十多年不再有粤乐萦绕。

一直没与粤曲“触电”的人，为何突然对粤剧提起兴致？话说，到澳门数年之后，才知道社团外出交流场合，都有几首人人会哼的“国际歌”，例如《帝女花之香夭》《分飞燕》《凤阁恩仇未了情》《禅院钟声》（原谅我不是热衷社团活动的人，一时间说不上更多）……看！都是粤曲！可想而知，粤曲在澳门深入民间的程度。

然后，我首先是去找这些粤曲的曲本来看，却发觉那是少得可怜的，大都是些社团自编的用作“猫纸”的词本。如何学唱？只能跟住大伙一齐唱，然后或者买盒录音带自己跟住唱。唱得多了自然“上脑”；何况，那几首曲本来就不难唱。

不过，我不认为那就一定会“功多艺熟”，没有读谱基础、没有名师指点、没有用心演绎，绝大部分情形下，那些“国际歌”都沦为顺口溜。于是，唱粤曲也似乎成为一种仅止于普及性质的平民消闲而已。

虽则如此，从另一角度看，粤曲演唱亦因而有了广泛的民间基础。发烧友那么多，当中总会有三几十个够“音质”的、有乐感的冒出头来；要再上层楼的话，只要从演唱的“质”方面着手就不难了。

事实上，早前省港澳政协主办的“四洲杯”粤曲演唱比赛，澳门选手成绩不错，已有行家及评委指出，澳门应建立粤剧学校，以培养粤曲演唱人才、培育粤剧艺术接班人，方可令这门古老的艺术生命得以延续，亦不致埋没人才。

（《帝女花》观后·一）

2007.12.16

曲艺繁荣

记得刚到澳门的时候，住在龙嵩街的父母家，每天早上6时，隔邻旧楼地下的阿伯就开着收音机（或者是录音机？）听粤曲。所听的大多数是粤曲清唱，朦朦胧胧中，那一声声晨曦中更显激越的男、女声，就幻化成梦里的迷离。

我从未想过怪责阿伯扰人清梦，假如当时不是刚返完通宵，好梦正酣的话，我更会陪着一齐欣赏的。有些粤曲，宜于寂然无人的时分细意欣赏。你不妨试试，在晨光熹微的南湾湖畔（或者主教山顶）听听《锦江诗侣》或者《再世红梅记·观柳还琴》？又或者在万籁人俱寂的无眠辗转中，听听《云雨巫山枉断肠》或者《陌路萧郎》？那种孤芳我独赏的韵致，不是众声喧哗的场合里可体会得到的。

所以，令人“南国红豆长相思”的粤曲支持者历向不缺，缺的只是懂得好好欣赏它的人，以及令人更加欣赏的好曲本。《帝女花》及“豉味腔”的诞生，说明了两者的关系是密切而不可分的。没有唐涤生，当然没有《帝女花》；没有任白对粤剧表演艺术的醉心和追求，同样也催生不了《帝女花》；孰重孰轻，我以为当以后者为重。任白当年坚信粤剧表演艺术是可以更上一层楼，这份执着，即令当年没有唐涤生，亦无阻任白对剧本雅化的坚持。

唐涤生与任白的合作，在初期可说是曲高和寡，但五十年过去了，大浪淘沙，《帝女花》历演不衰，证明了粤剧最终要走向高雅艺术的路上去。同样地看，粤曲若长远地停留于普及的阶段，其生命力只会走向衰微。

在澳门，粤剧曲艺表面一片繁荣，报章天天皆刊有曲艺演出消息，演出团体日日不同，名目众多。然而，细心的读者自可留意到，演出的曲目十只指头可数，特邀嘉宾来来去去那几名，有甚者，演出人士尽是渡海而来，只有搞手才是澳门人；赞助单位总不离文化局、民署、基金会；侧闻更有人以一人名义成立数个曲艺会，把搞曲艺演出当成了一盘生意经。如此“繁荣”，水平焉能提高，更遑论艺术层面了。

（《帝女花》观后·二）

2007.12.23

仙凤绝响

白先勇在小说《游园惊梦》里写的赖夫人，有这样一句说词：像这样的好戏，一个人一生也只能看到一回罢了！

我就是抱着这样的幻想去看雏凤鸣的《帝女花》。舞台上的仙凤鸣已成绝响，退而求其次罢，相信许多人亦如斯企望。然而，错过了，就注定是一种遗憾。

《帝女花》五十年来成为港澳粤剧的风标，我想，它的起点也太高了。白先勇评昆曲，这样说道："昆曲无它，得一美字：唱腔美、身段美、词藻美。"这种美同样体现在仙凤鸣演的《帝女花》身上。虽然现在没法看到舞台上的演出，但看已录制成碟的，同样可感受这份魅力。

《帝女花》的词藻之美自不待言。《牡丹亭》唱词固然美艳动人，但以四百年后的眼光来看，《帝女花》更美不胜收。四百年前的《牡丹亭》虽则千锤百炼，但毕竟还有许多惯作铺陈的北方口语，身为南方人，对精丽韵雅的《帝女花》自然更多一份亲近感。唐涤生祖籍广东，生于香港，历任报章记者及编辑，对中国古典文学浸淫甚深，为仙凤鸣所写的一系列剧本固所愿也，亦举重若轻也；没有"词藻"的美，相信粤剧还是"雅化"不起来。

我对粤剧唱腔的认知限于知道它源自皮黄腔，同样讲究腔口的音、声、韵的演绎。我想，粤剧的"唱腔美"的理解首先不离"声情并茂"这四字吧。看仙姐演戏，吐字清而柔，朗而润，是一字一腔的，念白尤其是难得。可惜那一晚在文化中心看《帝女花》，阿嗲演长平向明皇哀求一剑赐死时，烂挞挞、乱糟糟的急叫，听落惨过师奶在街市追数。亦更令人倍增憾意——唱腔竟是学一辈子的东西！

于是不难明解为何阿嗲在“庵遇”一折绕台数匝亮相，按理该是接受掌声欢呼时段，可惜场面真个是“孤清清、路静静”。讲到身段，阿刨已经学足任姐，但总觉欠点情致；阿嗲嘛？看过仙姐演《蝶影红梨记》的，相信难以想象阿嗲能有身段去演这一出好戏了。

（《帝女花》观后·三）

2007.12.30

粤韵动人

白先勇尝试青春版《牡丹亭》，很成功；成功来自演员的努力、观众的认同。然而，青春版的《帝女花》何时才能出现呢？似乎遥遥无期，因为“仙凤”演得太动人了！

那晚，演周家瑞兰的任冰儿，声音明显可用苍老形容；梅雪诗虽有“阿嗲”之谓，但开场伊始，明显不在状态，唱来既滞且腻，韵致全无，与当晚整体演出比较，相形失色；可幸在第五折“庵遇”开始唱来稍觉顺耳。阿嗲演帝女已不下数百场，演出之量远超仙姐，然而，几十年的功架平地踏步，当然不能像师傅般得到观众的尊爱了。那晚，八十二岁的仙姐携着两徒儿之手出台谢幕，向观众和演员示范何为我们口中的“专业”、何为剧人口中的“有衣食”。

有些东西，真不是师傅可以教得来的，譬如专业的精神、敬业的态度。所以，唐涤生的《帝女花》剧本不单是粤剧经典，仙凤鸣的《帝女花》台上演出亦是粤剧的经典。用心用情，方能至臻完美。

李向荣的“豉味腔”同样贯之以情，动人以韵。其实，观乎李向荣传世曲本的文字，与唐涤生的典雅蕴藉不可比拟，但因为李的曲本很多是自编自撰，是个人情怀自遣，所以观众看到眼里自是一片情痴；再加上在唱腔的处理上，李向荣既针对粤语的音韵特点设计腔口，在演唱的过程中也灌注了深厚的个人情意，因之观众听来更是余韵无穷。

本来，声音的苍老在花旦来说当然是坏弊，但用在自述情怀身世为主的南音、豉味腔中，反添苍凉感慨；腔口的露放本是败笔，但在一曲《云雨巫山枉断肠》中，几句拖腔都处理得露而不直、放而不狂，把曲中人悲恸之情一泻千里，教人泪下。

据闻粤剧亦准备申报世遗，大家都为粤剧的历史长短与改革方向喋喋不休，老一辈粤剧艺人无疑为我们留下了宝贵的艺术遗产，当下我们更需要做的，该是把粤剧表演艺术更精益求精，让粤韵永远动人吧！

（《帝女花》观后·四）

2008.1.6

种种艺术处处表演

今年的艺术节，在岗顶剧院欣赏到林品晶创作的《文姬》。舞台上，古老的汉代人物故事，以西方古老的歌剧形式重现；男主角酷肖的西式妆容、全英语的唱腔，女主角鬈曲的长发、文言文式的唱词；再加上高度抽象而简洁的舞台布置，不啻是一碟时空大兜乱的艺术 Fusion 菜。对与否，纯粹个人口味是否接受得来了。

澳门就有这样的一种好：地方不大，人才不多，但什么形式的艺文创作都可能随时呈现在你眼前。譬如今届艺术节上古老的秦剧《杨门女将》，上千年历史的秦腔结合自北宋流传至今的传奇人物的搬演；又或是英国舞团与以色列摇滚编者的形体戏剧的结合、比利时舞蹈家与中国少林武僧的奇妙同台；每年一度的艺术节、音乐节，可以随时惊喜地看到极古老的或极新潮的表演艺术，一次又一次地冲击本地人与外地观众的视野。

我极力不去想这样与那样表演形式的结合有何深刻意义，因那是毫无意义的。新的艺术形式不会因为个别人的喜恶而成功或失败，也不会因为个别场次演出的成功或失败而从此消失。似乎澳门人亦深明此道，所以，几乎所有形式的表演艺术也会有可能呈现澳门舞台，而社会也因为外来文化视野的冲击而变得更开放更多元更宽容。艺术的价值于此可见一斑。

这也让人想到澳门的古老城区，之所以能成为世遗，重要原因之一，应在于它几百年来一直处身于澳门人的生活中，呼吸不断成长不断活力不断——表演艺术也同乎此理。

如此宽松的表演环境，本土表演艺术者的表演身影却并不活跃。有说活动经费不多，有说活跃分子太少，有说外来表演太多，有说本土演出被排挤。于个人而言，要接收的只是艺术养分，本土与外来的比例多少，并不是一名观众的关注重点——我只关心所看到的是否一场好的艺术表演。本土艺术的长远发展应该是文化部门及艺术工作者所关注的，何况，澳门并不缺钱。

（我爱澳门·八）

2009.5.11

舞文弄墨韶光虚度

梦子小姐近期忙碌于将大作《奥戈的故事》搬上大银幕，更大有机会报名到国际影展威威，不知道在小城的艺文界，算是威到什么程度的大事呢？暂时没有人能说得出，因为，这在小城，算是前无古人，希望能再有来者的事儿。再者，本地写作界最不惯亦最不屑于大锣大鼓的吹嘘，说是清高吧，还真有那么一点儿。

对比邻埠及内地，本地艺文界的原生态相当特别，基本上可用一个“静”字形容。例如文学界，小说《奥戈的故事》都已被翻译成法文在欧洲出版，但在本地还是未能掀再版热潮；在戏剧界，石头公社早已冲出小城了，在内地屡演屡获好评，但在小城还是流于业余状态；在粤剧界，曾有多少红伶老倌驻足响朵，可总是未能留住芳踪；在音乐界，在国际上的古典乐坛流行乐坛独当一面的乐人，相信随口能数出十个八个，可惜都总是唱着“归去来兮”人影渺。在书画界，热热闹闹的总是引进来的，但本土的没有谁能单凭卖画卖字买到个粗茶淡饭的。

人才不少，但是没有多少个争着要出位，就如一河缓流，表面风平浪静，底下亦没有太多急流暗涌，都是河上过客般匆匆，船过了无痕。

这样的文化生态环境，到底是好是坏？

弄潮儿哀叹死水一潭，初涉水者庆幸无惊无险。在这里，假若敢于拿起笔，加上一点天分一些努力一位伯乐，喜爱文学的喜爱书画的喜爱演艺的，总有机会登上舞台表演一番；若多加一分才气一些毅力一点恒心，更是可以畅泳自如。

我则庆幸这里是一个可以嬉水的乐园。假如没有了这一份平静，相信作为一名爱好者，很多艺文活动都只可作壁上观。因为有了众多基层爱好者的参与，所以近年澳门的艺文成果拿到外面都能见得下人；之所以在本土不成气候的原因，个人以为，一则是绝大部分艺术家都是谦谦君子，二则是多数艺术家都甘于淡泊，艺术与写作不外是修心养性的玩儿罢了，有什么好争的呢！

（我爱澳门·九）

2009.5.17

写作是一件严肃事情

两期停下来没有填这个格子，真有点忘乎所以，要交稿的晚上了，还不知“大限”将至，走了去看京剧表演。看完表演回来，11点多的寒夜，还要呆坐在办公室电脑前敲不知要多久的键盘，真有点不情不愿。

读中学时，作文常被贴堂，更曾试过被老师质疑做文抄公，那当然是令自己更增自信的事。但从来没有想过能在报纸上有定期发表拙作的机会，所以嗣后一直以来从不敢懈怠。但碍于资质所限，几年写下来，一直未能再进一步。最初的时候，是因为在做采访时有些所见所闻令我对往昔的人或事的固有看法产生了冲击，亟欲化为文字与大家分享的，所以亦从未想到过将这种分享式文字称之为写作。

年多前，澳门曾掀起过一阵有关“作家”身份讨论的微澜，甚至于有投稿娱乐版的自称“杂果冰专栏作者”，我方始惊觉外间的人们是多么严肃地看待在报章发表文字这回事。那时，我真的有点诚惶诚恐，不知该如何自处了。

其实，我更愿意将这一片小天地看作为可作个人自省以及表达身为澳门人一分子的热诚的一个机会。因为要写稿了，所以我会分外留心社会上的人与事，缘何而起？往何方走？如何在巨变洪流中自处？我经常都要在这些因写稿而起的思索中重新学习如何做人。

在我眼里，写作是一件要有天分和热诚的严肃事情。譬如鲁迅，杂文、散文、小说、诗词，俯拾皆能，且能发人所未能发；而每一为文皆反思社会，痛贬时弊，直面人生，勇猛时如疾风扫落叶，犀利处如牛渚燃犀，洞烛幽微；而观鲁迅书札，则令人深感其对亲人之关怀无微不至，俯首甘为孺子牛。为文为人，表里如一。这种以笔医治国人心的人生，方为真正的写作人生。

当然，有很多人不过把写作当作是一件业余兴趣的事儿，而且写出了不少精彩华章，“新园地”中有不少作者就是藉以炼就一枝“犀飞利”的。

2009.11.20

新年音乐会

在圣诞节里，欣赏了一场新年音乐会。

这场新年音乐会由比利时皇家爱乐乐团演出上半场，然后率领澳门青年交响乐团演出下半场。

比利时皇家爱乐乐团此行主要目的是首度作中国巡演，首场演出难得地可以在澳门进行，澳门的观众有福了；更特别的是，澳门本土培育成长的青年交响乐团可以与比利时皇家爱乐同台演出，青交的少年们有福了；一直在这些小乐手背后无限量默默支持的父母们，终于可以看见自己的孩子能与国际著名乐团同台演出，家长们有福了。

上半场比利时皇家爱乐对德沃夏克《新世界》的精彩演绎，自不必赘言。对主旋律的每次奏演，都有着不同的理解和表达，在我的心里扬起或昂扬或期盼或舒畅或遐思的涟漪；在一段悠长的行板中，我更可听到一抹绮丽的乐韵，如繁花耀目，如春意氤氲。整个乐团的默契纯一，如圆融一体。

下半场有了青交小乐手的加入，人数虽倍增，音色、层次已明显减弱，分明可听见的两个层次；当演奏至第三首乐曲，所有的弱点几乎全数显现。

但这些不足，我却可欣然全部接受。一个业余学生乐团，能获首肯与国际一流乐团同台，已是水准的肯定；能不慌张不怯场，已是自信的表现；能有条不紊地完成五首经典乐曲的演奏，就是不断进步的成绩。

数百年来沐浴欧风美雨的澳门，却从来没有建立起自家品牌的新年音乐会，即便曾有过那么一两次以之为名号的，都无以为继。土生土长的澳门青年交响乐团勇敢地承担起这个树立城市文化形象的活动，自去年始演出新年音乐会，与首次在澳门演出的葡国国立交响乐团同台共奏一曲《苏格兰》交响曲，今年则是与比利时皇家爱乐同台共演五首乐曲。虽然我们不知道明年、后年来澳演出新年音乐会的外国乐团是谁，但可以肯定，都会有青交乐手的身影；甚至，我们更期待，青交乐手是新年音乐会的主力的这一天的来到。毕竟，年轻人是我们的希望，是这个城市的未来。

2011.1.2

山阴道上

澳门，热热闹闹的要发展文创产业，连科学馆都开起画展来了，果然“多元发展”！发展文创，当然不是科学馆的责任，但开展览，绝对是文创产业一分子。

这年头，澳门街的展览越开越多，长开长有，绝对可成为一门产业。就说这个暑假，单看各式展览、听听讲座，这个暑假绝对不悠闲。我曾大发奇想，组织一个暑期展览导赏课程，专门带报名的小朋友、学生仔看展览，“大力推动艺术教育，为发展文化创意产业培养人才”，不知道以个人名义向各类基金会申请资助的话，会否获“大力支持”？但观乎历来经验，还是无谓做这些“以身殉爱”的事了，独自偷着乐罢了！

还是说回看展览吧！

最新鲜吸引的展览，莫过于各类媒介大肆张扬的“山水合璧——富春山居图”在台北的展出了。几度意欲起行，却因各种各样的原因行不得也，眼巴巴地看着好友一个个看了回来说了又说。虽说是看了展览也不见得就能梦笔生花，不过，能一睹有如此传奇的国宝芳容，怎么说也是一件幸事。

为国宝级画展而跨山涉水去看展览，绝对不是一小撮傻人做的傻事。记得 SARS 期间，《清明上河图》在上海展出期间，万人空巷，冒着严寒通宵排队看展；展览的高仿画册卖六千大元也一本难求。2009 年，《清明上河图》到贺香江回归，每天香港艺术馆外天未亮已有长长蛇饼人龙排队恭谒，每人限看十分钟。出得场外，心中自是意犹未尽，艺术馆内的书店就成了人们“发泄”的场所，大买特买，方觉满载而归。

澳门的展览或讲座，大大小小、名目繁多，“如山阴道上，目不暇给”。可惜的是，不少展览或讲座内容不错，筹办者费尽心思，四处奔走，但往往入场欣赏者寥寥。日前听台湾艺术大学校长黄光男讲文化创意产业，他说搞文创产业，最终是为社会提供财富及就业的机会。果如是，观乎澳门的文创产业还有“极大的进步空间”呢！

2011.7.10

濠上之乐

一位亦师亦友的“业余”画人十二年后再开展览，笔者少不免去“可喜可贺”一番。

作者大学时念的是商科，念硕士时研习的是岭南画派，念博士时研究的又是美术考古；不过，他的日常工作范畴却是搞教育，要说千丝万缕当中的线索，大概要数其成系列的“濠江画人”述著了。

我是很佩服这种人的。

作为教育工作者，能在职场上独当一面不说，在大学视觉艺术专业兼任导师也有很不错的成效（每年所指导的学生论文几乎都是头一二名）；作为画家，既能写有关本澳书画家艺术成就的系列著述，也能以充满笔墨韵味的精彩画作再现濠江风情。

我想，能拥有这种多元思维表达能力的人，应该是不多的。

文字与色彩都是平面视觉艺术，可是能写兼擅画的人，在澳门该是十只手指可数吧？绘画与教学大可归类于表达的艺术，可偏偏不少艺术家讷于言论，当不好传授之职。

奇怪的是，在澳门，无论多么能写、能画、能演，似乎从未有人以“艺术家”打头牌“行走江湖”。这些人，以本地文化局长的说法，是所谓的“复合型”人才：在日间上班状态是“专业”人才，下班工余状态下是“业余”画家、作家。乐观地看，艺术的种子已在本土遍地生根，等待适合的气候发芽生花而已；悲观地看，小城根本是一个不适合艺术人才生长的地方。

当然，“艺术家”也不是可由谁可以包养出来的。那百分之九十九的勤奋固然必不可少，然而，爱因斯坦也说，要加上百分之一的天分——而且，那才是最重要的。

所以，建议大家空闲时常去看看各式展览，以开阔眼界，以充实自己；有朋友开展览，更应真心奉上恭贺和欣赏，为他们的努力有了成果感到欣喜；甚至于旅行时大可像模像样地拿出相机拍呀拍，仿佛日后要开影展似的。乐在其中的感觉，是一种愉悦的心情，是一种为平淡日子涂抹点点色彩的愉悦。

2011.10.2

文化艺术的宝库

澳门经过四百多年的历史变迁，在多元文化互相融合的特殊环境中，形成了自身独有的、无可替代、不可复制的人文特质。

澳门于2005年成功把旧历史城区申列成为联合国教科文组织和世界遗产委员会确认的人类物质文化遗产，也成为中国第卅一处世界遗产。妈阁庙以其深厚的人文历史，成为澳门旧城区“世遗”这串珍珠链上一颗特别亮眼的明珠。了解妈阁庙，是了解澳门历史的第一步；认识妈阁庙，是认识澳门多元文化交融特质的关键。

妈祖阁作为澳门历史最悠久、最著名、传说最多的古庙，吸引了很多不同地方的信众和游客慕名而来，参拜游览。在澳门的渔民及部分居民心目中，农历正月初一到妈阁庙上头炷香，是一年中的头等大事；每年农历三月廿三的“娘妈诞”，妈阁庙前搭建大型牌楼，舞狮庆祝，演戏酬神，街头盆菜宴，都是轰动澳门街的年度盛事。妈祖阁一年到晚香火旺盛、信众川流不息，这盛况便是澳门八景之首的“妈阁紫烟”。

除了悠久的历史、广泛的民间信仰，妈祖阁的建筑艺术亦不容忽视。妈阁庙的建筑装饰包含了中国传统艺术与澳门民间艺术，色彩鲜艳，一方面是受到中国传统庙宇的建筑特质影响，另一方面也体现了在西方文化与受海洋文化冲击下所形成的独有的艺术风格。

有着五百多年历史的妈阁庙，充分体现了多种民俗文化在澳门的交汇、融合。无论从人文历史、建筑装饰、民俗艺术等多方面都具有特殊意义，亦是本土文化艺术创作有待发掘的一个宝库。种种因素，令妈阁庙近几十年间成为中外学者研究探讨妈祖信仰文化、澳门历史文化、岭南地区文化以至中国传统文化的影响的重要对象。

（认识妈阁庙之一）

2011.10.9

历史时空交汇点

历史上的妈阁庙在澳门的管治、地理、防卫上都具有十分重要的地位。

妈阁庙位于澳门半岛的最南端、妈阁山西面山腰上，主要由入口大门、牌坊、正殿、弘仁殿、观音阁及正觉禅林组成，各建筑规模虽然细小简朴，但却能充分融合自然，布局错落有致。不少历史文献表明，澳门开埠时间在公元 1557 年，然而早在 1488 年，妈阁庙的弘仁殿已然建成。据已故学者王文达考证，弘仁殿是妈阁庙建筑群中最古老的建筑物。事实上，它是一石室，规模也最小，只有三平方米左右，以山上岩石作后墙，屋顶及墙身也以花岗石围合；四壁雕刻着海魔神将侍女，色彩斑斓，中央供奉天后（即妈祖），是妈阁庙各座建筑中历史最悠久者。

在地理环境上，妈阁港口在历史上是中国南方内陆渔船及货船出南海的必经之路，自古以来，内陆船只出海（特别是在明末清初实行海禁之后），澳门几成进出南海的唯一通道，而妈阁庙就是出入南海的必经港口。

基于妈阁庙的重要地理位置，历代管治者都在妈阁设立关税馆及炮台等设施，以便管理。17 世纪初，中国政府设置娘妈阁炮台，后来葡萄牙人改称之为圣地牙哥炮台。

历史选择了十字门水道作为中国与西方并非完全自愿的交流大门，这交流的首站落脚点便是澳门。从目前可见的几幅古地图来看，当西方航海者从十字门水道进入澳门水域后，第一个湾泊之地就是妈阁港；所接触的第一座具规模的建筑物就是妈阁庙。古老的东方庙宇，令西方人惊艳不已，纷纷拿起笔来（后来更有了照相机），以各种方式记录下她的“芳容”。妈阁庙成为最早被摄入镜头的中国场景之一，是中西文化交汇的重要见证之一。

要发掘澳门历史及其艺术面貌，妈阁庙是绕不过去的一个重要时空交汇点，“先有妈阁庙，后有澳门街”，年深月久的流传并非虚妄。

（认识妈阁庙之二）

2011.10.16

艺术地生活

写作与绘画，我从不觉得缺乏题材，欠缺的只是如何适切地表达，能“我手写我心”，或者是以何形式表达得“与别不同”而已。生活之中，可作为艺术表达题材的，可说俯拾皆是，所以总结性的说法就是“艺术源自生活”。

还有人说“生活就是艺术”，此话其实要联系上文下理与当其时的语境才好理解。但有一点本人不认同的是，有些人依此为据，把一些吃饭拉屎的事情都顺手拿来当作“艺术”，美其名曰“行为艺术”，确是玄乎其玄。

艺术确乎来自生活，但是要经过提炼，赋予创作内涵及形式，“源于生活”但却是要“高于生活”，这才是真正的“活生生的艺术”。

艺术地生活着，诗意地生活着，是更高的境界。在诗人的眼里，生活中应该处处都有艺术。虽然有甜蜜的，也有痛苦的，但都不妨碍他们用诗意的眼提炼出来，化为艺术创作的源泉。

贺绫声是本澳一位年轻的诗人。当他走过你的身边，假若你不认识他的话，他就与每天走过你身边的不计其数的少年毫无二致，稍为不一样的，是他脸上很多时都挂着微微笑；熟悉他的人，大致会认同贺绫声是一个彻底把自己融入当下生活的诗人，惬意地每天过着其诗意的生活。故而，有了这个正于塔石青年展艺馆举行的“在城·诗＋手机摄影展”，以诗眼、以手机、以身边的一草一木一事一物，化为随心而动、随手而作的创作，为我们展现诗人眼中的“艺术源于生活”。谁能说，我们的生活没有艺术？看过这个展览，我们又会得到怎样的感悟？

你将拥有故事书中的森林
你将拥有积木般的城堡
这座城市
在我无法向你兑现童话时
静静地失去夏季的感伤

开幕邀请函上的诗句与画面，凝练了年轻的诗人内心对这座小城的眺望：喧哗而压抑、繁华却令人落寞；热闹而冰冷、热爱却令人伤感。

2011.10.23

音乐会点滴

今年的音乐节，断断续续听了好几场音乐会，有歌剧、有室内乐、有圣乐合唱，还有本地乐团的演出。

对于音乐，我实在是外行，不过，我安慰自己：进场的那么多观众也不见都是音乐家的。艺术有慰藉心灵的作用，音乐在这方面尤具亲和力，所以，音乐会是不妨多听的。虽不敢奢望能如今年口号“引领审美，铸造灵魂”般改造愚钝的我，但纵观这十年来，音乐和音乐节带给我与儿子的潜移默化的影响，却是受惠无穷的。

每年的音乐节都有不同的特色，有一点很明显的是，曲目已从早期的阳春白雪曲高和寡，发展至今的多元化且领域宽广，几乎可说不同层次的观众皆可找到各自喜爱的节目。但令我感受最深的，或许是观众欣赏水平的提高。

如果回到大约十年前，到文化中心听音乐会固然不是一件常有的事，而观众中不少也应是不常进音乐厅的。除了乐评家常常批评的惯性迟到、喧哗、乱拍掌，我还领略了不少如梦魇般的胶袋窸窣声、小朋友哭闹玩耍声及邻座的喁喁细语；其后当手机普及时，还有令人哭笑不得的各式铃声。

庆幸的是，这些不收钱送也没人要的噪音，现在几乎已销声匿迹于音乐节的室内音乐会中。这是音乐节长期教育薰陶的成果之一，也是观众们努力学习自我完善的成绩。教化如春雨，润物无声。若现在是音乐节常客的年轻父母，日后能常常带孩子去听音乐会，那么，再过十年，澳门音乐节的最大收获，该是拥有了一大批高质的观众了。

当然，世事难免不尽如人意。例如，观众的欣赏水平提高了，但本地乐团的进步的步伐似乎要比观众滞后；例如，乐团演出的表现够好了，观众疯狂送掌声之余，却贪心地一而再甚至再三再四地要求 encore，以此评为“值回票价”，却令全程投入演出的乐手们疲惫不堪。

尊重演出、尊重演出者，才是一个值得尊重的观众。

2011.10.30

诗意的庭院

重修后的郑家大屋，在今年的音乐节里成了其中一个焦点所在。因为有两个节目（共八场演出）在那里进行。上周日所见，《盛世古韵》的不少观众是来自内地及香港的游客。

在郑家大屋的内园，有一树丹桂、一丛红绿、一架金屏、一抹斜晖；有一几一椅、一人一琴、一围知音。

郑家大屋，曾几何时，我忝为其右邻。目睹其繁华过后的萧瑟荒凉，宵鼠逾墙；重修过后，未敢说丰姿绰约，但是风韵犹存。音乐会当日，门外素颜迎游客，以至不少知音未能识芳容。过得山门，冷巷里有粉香娇美迎人；内院前一口古井，被百年风月淘空了诗心，掩沉于万古幽暗中；内院里一树丹桂波澜不惊，回廊内却早已欢声暗涌。

《盛世古韵》中，古琴、箫笛、琵琶皆是中乐器的古典派，古而弥新；《春江花月夜》《流水》《广陵散》《陈隋》《梅花三弄》《良宵》《幽兰逢春》，沉醇幽远，古曲悠扬。那天的箫管很是委婉，千回百转，可恨的是扩音器多此一举，把伊人的吃力透露无遗。那天的琵琶很是飞扬，铿锵有声，可恨的是现场如斯安静，令伊人的漏音一览无余。

与琴与曲相古意的，是李祥霆。

一张古琴、一副几椅，声声悦耳、丝丝扣心，是技高，是琴好。我赞叹李祥霆无须音响。一袭丝袍、一抹笑意，没有多余的说话、没有夸张的动作，我赞叹李祥霆的闲和。

古琴，为什么成为世遗？因为只有高贵的心灵，方能有恰如其分的表达；因为只有不为物役的内心，方能与高山流水相和应。大师，其实不需要“著名的”；古琴，其实不需要“举世知名”的；热烈的掌声，又岂是古琴之所需？

我愿在暝朦的夜色中，幽寂的万籁中，聆听古琴的天籁之音。我愿在澳门的世遗建筑中，更多地欣赏到天地人和应的和平之声。

2011.11.6

5月的法国红

澳门艺术博物馆正在展出《拿破仑的艺术世界》，宣传工作十分积极。单张中有说内中有些展品还是首度踏出国门到外地展示，这个“法国五月”的主题展，算是界足面这个小城的了。

展览刚开幕不久就有个讲座，讲者对应着展览中的图片，絮絮不休地介绍大革命发生前法国国王的衣食住行。听众中有按捺不住的，问道，我们常说的法国艺术，到底如何体现在哪些展品中？问得好，也问得硕士讲者张嘴不得。

关于艺术，一如爱情，有所谓说不得道不明。如何解读，端视个人的道行修为。钻之愈深者，明如洞烛；不然的话，站在门外看，也是个热闹缤纷；如果加上一些背景资料的补充，更会愈看愈有味。面向普罗大众的讲座，大都如此，因要照顾水平高低各异的听众。太深奥细微了的，或会被视为目中无人抛书包；太通俗入世了的，也会被误以为媚俗没有水平。

很喜欢展场背景的红，深沉而高雅，与皇室的高贵调子很般配。据策展人说，那是法澳两方的策展人员多番切磋下才调教出来的颜色，现实中并没有这种现成的漆色。艺术的修为也就可一窥管豹了；当然，也是很难言说的感觉。

展品第一、二号是两幅油画。无论是天鹅和雄鹰的羽毛的一丝不苟纤细入微，还是国王与皇后的容貌微笑的栩栩如生，无论远观近察，都堪称精妙入微。画中的人物和景象，当然是源自真实的生活事物，但经过巧妙的构图安排，成为了歌功颂德的主题艺术品，却也可观而不令人生厌。

在没有摄影技术的年代，画家以手以心描摹这个世界，追求一份极致的迫真和主题的共鸣；后世观者除了一份迫真的赞叹，还有一份超越真实的悸动。大概，这就是艺术的感染力了。

面对艺术品真身的震撼，语言从来都是贫乏苍白的，还是必得到博物馆里多走几趟，自己用心去解读去吸收，才是最佳的学习途径。

2013.6.2

名不符实不合

压轴迎来创新舞作《追·寻》瞩目上演，节目以丰富的舞蹈编排、布景、灯光作巧妙配合，将为观众带来一场别具特色的艺术感受。

本届艺术节闭幕节目《追·寻》是英国现代舞大师韦恩·麦奎格（Wayne McGregor）创新之作，麦奎格以挑战肢体动作与大胆跨越不同媒介而闻名。《追·寻》节目中，十位优秀舞者挑战身体自然线条，以精准的律动创造出令人惊艳的肢体语言，除了形体上的探索，同时极富哲理性，作品部分灵感来自《理性时代下的肉身》一书对于灵魂和肉身的关系之历史探讨，以及西方启蒙运动追求开放知识与思维的精神。《追·寻》将以突破性的编舞，结合非凡的环境音乐、壮观的视觉呈现，创造出完整而令人难忘的作品，届时一幅由三千二百颗LED灯组成的灯墙将带来炫目壮观的视觉效果。

不惜做文抄公，是心里有一点点越想越气。

艺术节、音乐节近年不乏捧场客，甚至一票难求的情况越来越严重。与此同时，十年如一日的，是宣传海报、单张、场刊的设计的“曲高和寡”。特别是场刊，虽屡遭诟病却依然故我，只赋得“浪费”二字。

但其实，场刊应该是非常有用的宣传工具，有时见诸报章的一些音乐会宣传文章就被读者批评“抄场刊”。可见，有专业水平有引导价值的场刊内容本身就是很好的导赏文章。

我对舞蹈的了解太少，所以，希望能通过欣赏高水平的演出以提升这方面的修养，也希望通过细阅场刊以了解演出的艺术内涵。

看完上文两段场刊的引导文字，哗！我觉得那简直应该是远远超越鲍殊舞蹈作品的伟大演出了；当在文化中心看完连续一个钟头的演出后，哗！我觉得那简直应该是远远超出一般观众欣赏耐力的“神舞”，只惭愧自己有那么几分钟“审美疲劳”得昏然合眼。

也真难为了编写这篇场刊文字的作者，我想他几乎用尽了我所知悉的“赞美主”的形容词了。下一次，该是怎么样惊天动地、惊世骇俗的文字，才可被认为能起到吸引观众去捧场的作用？

2013.6.9

凡事有代价

上周六的深夜，下班后打开电视，又在一轮喧嚣、对骂、追逐和混乱之声后转台，看到电影《十月围城》正在回放中。听到的第一句对白就是："革命不是办报纸、派传单那么简单，革命是要牺牲的呀！"镜头一转，这位要革命的教书先生，在学堂上公开抽签找人保护孙中山，却抽中了救命恩人的独子去当替死鬼，他吓得疯了似的要阻止……

不知道电视台为什么要选播这部电影，是因为这个不安静的 10 月，还是因为刻下的香港亦正在"围城"？

《十月围城》散发出来的家国情怀，浓得化不开，这是陈可辛最成功的电影之一。片中，大多数角色都是贩夫走卒引车卖浆者流，但在"没有国何以家"的大时代下，他们都义无反顾地选择了"义"，不惜一死以忠于心目中的"理想国"；他们的死也不高大威武，甚至于死得卑贱无名，就像平日里如蝼蚁般活着的他们。革命的确是要付出牺牲的代价，孙中山同样鞠躬尽瘁奔走一生，所以，他们得到世人同等的敬重。

《十月围城》最后一幕，是一个渐拉渐远的长镜，富商李玉堂揽住无辜牺牲的儿子痛不欲生。忧伤的泪水漫洇了我的心头！在大时代的动荡中，每个人都身不由己，主动或被动地选择踏上一条不归路，每个人背后都有自己要效忠的"理想"。令人无语问苍天的是，为什么政客之间的恩怨情仇，最终总是让年轻的一代成为祭品？回顾廿五年前后的学生运动，又有多少人踩着学生的热血摘取了胜利的果实私肥了一己？重看《十月围城》，更觉得这类政客多么该死！

2014.10.26

图书在版编目（CIP）数据

吾心吾乡 / 李文娟著. -- 北京 : 作家出版社，2016. 8
（澳门文学丛书）
ISBN 978-7-5063-9165-8

Ⅰ. ①吾… Ⅱ. ①李… Ⅲ. ①散文集 - 中国 - 当代
Ⅳ. ①I267

中国版本图书馆CIP数据核字（2016）第220848号

吾心吾乡

作　　者：李文娟
责任编辑：冯京丽
装帧设计：棱角视觉
责任印制：李卫东　李大庆
出版发行：作家出版社
社　　址：北京农展馆南里10号　　邮　　编：100125
电话传真：86-10-65930756（出版发行部）
86-10-65004079（总编室）
86-10-65015116（邮购部）
E-mail:zuojia@zuojia.net.cn
http://www.haozuojia.com（作家在线）
印　　刷：三河市华业印务有限公司
成品尺寸：133 × 214
字　　数：280千
印　　张：11. 75
版　　次：2016年11月第1版
印　　次：2016年11月第1次印刷
ISBN 978-7-5063-9165-8
定　　价：33. 00元

第一批出版书目

王祯宝《曾几何时》
水　月《挥手之后还会再见吗》
邓晓炯《浮城》
未　艾《轻抚那人间的沧桑》
吕志鹏《在迷失国度下被遗忘了的自白录》
李成俊《待旦集》
李宇樑《狼狈行动》
李观鼎《三余集》
李鹏翥《澳门古今与艺文人物》
吴志良《悦读澳门》
林中英《头上彩虹》
赵　阳《没有错过的阳光》
姚　风《枯枝上的敌人》
贺绫声《如果爱情像诗般阅读》
袁绍珊《流民之歌》
黄坤尧《一方净土》
黄德鸿《澳门掌故》
梁淑淇《爱你爱我》
寂　然《有发生过》
鲁　茂《拾穗集》
穆凡中《相看是故人》
穆欣欣《寸心千里》

以上按作者姓氏笔画排序

第一批出版书目

第二批出版书目

太　皮《神迹》小说
尹红梅《木棉絮絮飞》散文
卢杰桦《拳王阿里》诗歌
冯倾城《未名心情》散文
朱寿桐《从俗如流》散文
吕志鹏《挣扎》诗歌
邢　悦《被确定的事》诗歌
李烈声《回首风尘》散文
沈慕文《且听风吟》诗歌
初歌今《不渡》小说
罗卫强《恍若烟花灿烂》散文
周　桐《除却天边月没人知》小说
姚　风《龙须糖万岁》评论
殷立民《殷言快语》散文
凌　谷《无边集》诗歌
凌　稜《世间情》散文
黄文辉《历史对话》诗歌
龚　刚《乘兴集》散文
陶　里《岭上造船笔记》散文
程　文《我城我书》散文
程祥徽《多味的人生之旅》散文

以上按作者姓氏笔画排序

第二批出版书目

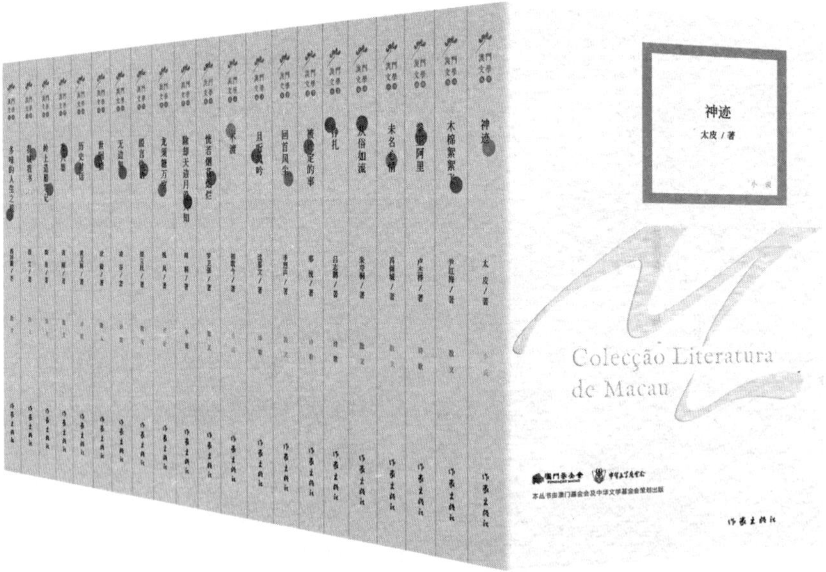